L'ENCRE DU VOYAGEUR

ESPACES
libres

GILLES LAPOUGE

L'ENCRE DU VOYAGEUR

Albin Michel

ESPACES *libres*

Écritures

Encres

Quand je fréquentais l'école primaire, je plongeais avec enthousiasme ma plume dans l'encrier du pupitre. Je prenais le temps de contempler la goutte de liquide noir ou bleu. Je la regardais comme le Créateur a probablement regardé le néant au moment où il se disposait à en faire un univers. J'étais un peu comme lui. J'allais donner vie, grâce au bout de ma plume, à un chat, à une peuplade, à un adjectif ou à une périphrase.

Si j'étais en forme, je confectionnais des objets qui n'existaient même pas. Je leur fournissais des noms, je leur mettais le pied à l'étrier et ils partaient vivre leur vie. J'ai donné vie à des couleurs dont Newton n'eut jamais la moindre idée. Je formais des lettres que tous les alphabets, même l'égyptien et même le hittite, ont ratées, des animaux inexistants, des montagnes d'aucun continent. Je découvrais que Dieu n'est qu'un gros encrier.

Plus tard, nous avons eu des cours de chimie et j'en ai profité pour lancer ma propre manufacture d'encre. J'ai installé mon atelier dans la salle de bains de la maison. Dans de gros in-octavo, j'avais retrouvé les savoirs du Moyen Âge. Il suffisait de mélanger deux pots de vin blanc, une livre de galle, deux onces d'alun de roche et de la gomme d'Arabie. J'ai obtenu des résultats inégaux et des gifles de ma mère.

Les adolescents écrivent beaucoup de poèmes. Les miens étaient consacrés soit au corps de la femme aimée, soit à l'encre. Moitié-moitié. Je disais par exemple :

J'ai peint mon bateau à l'encre de Chine,
L'ancre elle est de fer, le sel la rouille,
Et la Chine,
Mon bateau de paille y fera naufrage.

Cette strophe m'a intrigué. Elle me cueillait à froid. Elle me mettait K.-O. debout. Je n'y comprenais rien. Je voyais bien qu'elle voulait me dire quelque chose, mais quoi ? Comme je ne goûte guère les calembours, je désapprouvai ce glissement de l'encre de Chine à l'ancre d'un bateau. Aussi, j'ai pris ce poème en grippe. Je lui ai tordu son cou. Je l'ai jeté aux oubliettes mais on sait comment s'y prennent les poèmes et qu'ils sont endurants. Ils entrent en hibernation et un beau jour, quand on les a oubliés, ils remontent de leurs abîmes et ils sont frais comme l'œil.

C'est ainsi qu'a procédé mon poème sur l'encre de Chine. Il est revenu cinquante ans plus tard dans une de mes nuits. J'ai prêté l'oreille à ce qu'il racontait et il n'était pas si bête que ça. Avec son jeu de mots un peu vulgaire sur l'encre de Chine et l'ancre des bateaux, il pressentait ce que les voyages que j'ai faits par la suite, en Inde, au Brésil ou dans les pays hyperboréens m'ont enseigné : qu'un voyage non seulement n'existe qu'à partir du moment où on le convertit en encre, mais encore que tout voyage, y compris dans les terres inconnues, n'est que le souvenir d'une encre ancienne. C'est ce qui rend déprimante la profession d'explorateur : vous ne marchez jamais que dans les encres des explorateurs qui vous ont précédé. Christophe Colomb a découvert un continent nouveau qu'il avait d'abord arpenté de long en large dans les bibliothèques de Salamanque et de Gênes.

Cette menue trouvaille contenait une autre leçon. Pour que j'arrive à entendre les mots que j'avais organisés à l'âge de dix-huit ans, il avait fallu qu'un demi-siècle s'écoule. C'est la tactique des encres. Elles aiment le temps, les solitudes, les longues durées. Bien sûr, dès qu'une plume les a déposées sur un parchemin, un vélin ou un hollande, elles commencent à faire du bruit mais celui-ci est d'abord tout petit et mal compréhensible. Pour que les discours de l'encre soient audibles, il faut que des siècles, des millénaires parfois, les infusent. La preuve : la bibliothèque d'Alexandrie qui n'existe plus car elle a été incendiée trois fois est bien plus riche que la Grande Bibliothèque François-Mitterrand. Ce phénomène était connu des copistes médiévaux. Ils le nommaient « la patience de l'encre ».

Il est vrai que certaines encres ne fonctionnent pas

à la durée. L'encre sympathique, facile à produire car elle est faite d'un peu de citron ou d'un fil d'urine, est l'antipode de celle de la Chine. Certes, elle mange du temps, comme toutes les encres, mais elle est frugale. Elle a un appétit d'oiseau. Quelques minutes la rassasient et déjà elle étouffe. En plus, elle est très timide. Au début, elle fait l'invisible. On ne voit même pas les jambages qu'elle a inscrits sur le papier. Pour qu'elle devienne visible, on doit l'exposer à une source de chaleur – bougie ou feu de bois, fourneau à gaz. Son apparition est une merveille : du fond du papier légèrement bruni par les flammes, les lettres montent et elles vont mourir.

Aujourd'hui, les encres ne vont pas bien. L'ordinateur et la postmodernité les ont frappées. Les écrivains ne feront plus, dans l'avenir, ces manuscrits mille fois raturés qui nous permettaient de voir le tremblement de la main de Proust, les dédales de sa cervelle, ses redites, ses bêtises, ses appoggiatures et ses repentirs.

Dans leur déroute, les encres ont entraîné avec elles un autre partenaire, le buvard. La mort de celui-ci n'a pas été saluée. C'est sans bruit que les belles feuilles poreuses, roses ou bleues, sur lesquelles furent calligraphiées toutes les minutes et tous les verbatims de nos civilisations modernes, ont rejoint leurs limbes. J'ai toujours été étonné que l'on ne trouve pas, dans nos villes, des boutiques spécialisées dans le buvard usagé comme il existe des librairies d'incunables, d'in-folio et d'éditions originales.

Je songe au buvard de Balzac ou de Rimbaud, à celui avec lequel Stendhal a séché ses phrases quand il écrivait *Le Rouge et le Noir*. On en pourrait exhumer les pensées inaccomplies de Julien Sorel, les pâmoisons de Madame de Rénal ou les jouissances de Mathilde de la Mole, avec deux avantages appréciables : d'une part, le texte recueilli par le buvard n'est qu'un lambeau, une ombre et une ruine. Il est beau comme une absence. Pas une phrase n'est achevée et les mots sont des loques. Au surplus, les différentes pages d'un même chapitre, peut-être même d'un même livre, ont mélangé toutes leurs empreintes. Le buvard nous offre les vestiges inextricables d'un livre qui n'exista jamais, d'un roman fantôme que Balzac ou Hugo ont à peine rêvé. Et pour porter au comble leur beauté, les lettres y sont écrites à l'envers. Nous ne pouvons les déchiffrer que dans les miroirs de la mort.

Palimpsestes

Quand j'étais enfant, à Aix, je fabriquais avec les citrons du jardin de l'encre sympathique. Le nom était encourageant. Il promettait une encre moins obscure que celle de l'école. Il laissait espérer que mes tentatives de poésie seraient mieux abouties que mes devoirs de classe. Je pouvais également, grâce à cette technique, me préparer un destin de détective privé ou d'officier du chiffre. Ainsi mes premiers ouvrages littéraires ont-ils été calligraphiés d'une encre provisoire et même absente, une encre pour un univers de papillons : elle était d'abord invisible, enfermée dans sa chrysalide, avant d'apparaître sous l'effet de la chaleur, puisqu'il faut chauffer les encres sympathiques pour les ranimer. Ensuite, dès que j'avais pu lire ce que je venais d'écrire, et qui était plus émouvant que d'avoir fait un petit détour par le vide, je vouais mon œuvre à la flamme, sans crainte aucune, car je ne doutais pas que les mots, une fois écrits, et surtout quand ils ont subi le feu, perdurent.

J'ai ainsi écrit une œuvre complète et illisible. Mes

concepts avaient une vie d'éphémère. Ils passaient à toute vitesse de l'état du non-être à celui de l'être et puis tombaient en cendres. Enfin, dernier agrément de ces manigances : toute l'affaire s'accomplissait dans la clandestinité puisque je la réalisais dans des lieux secrets, à l'écart des parents, genre buanderies, ce qui ajoutait du prix à mes petites trouvailles.

À cette époque, je ne lisais pas beaucoup. Je m'étais spécialisé en *Bibi Fricotin, Pieds Nickelés* et *Bécassine* mais cette révérence à l'encre sympathique me suggère que je me formais déjà, de la littérature, une idée un peu floue et pourtant assez haute, ambitieuse et légèrement tragique. Je me suis demandé plus tard si la calligraphie imprononçable du nom de Dieu n'était pas une ruse comparable à celle de l'encre sympathique : interdire que le nom de l'ineffable soit visible, à moins qu'on ne le chauffe. Si ma thèse est raisonnable, alors, la théologie, surtout l'apophatique, ne serait rien d'autre qu'une méthode pour déchiffrer l'indéchiffrable – avec citron, flammes et cendres.

Je n'ai pas beaucoup progressé depuis *Bibi Fricotin.* Il me semble que tous les livres, tous les manuscrits, sont imprimés avec des encres sympathiques. Pourquoi je lis ? Pour reproduire éternellement l'opération originelle et retrouver mes anciens vertiges. Pour assister à ce déploiement des lettres et de leur sens, à ce va-et-vient du texte entre le néant et l'être. Lire, c'est provoquer ce dépliement du récit quand je soumets son mutisme à l'épreuve de la lecture, comme je passais jadis au feu mes écritures de citron.

Je n'utilise plus ces encres délicieuses mais leur souvenir demeure et peut-être il me hante. J'explique par là le goût que j'ai du palimpseste. Le scribe copie un texte. Il y apporte un soin sourcilleux. Un autre scribe, un peu plus tard, déboule, attrape le parchemin, le lave et dépose sur la surface redevenue vierge un deuxième texte.

Cette opération se justifiait le plus souvent par le manque de supports – parchemins ou vélins étaient rares et chers. Mais certains palimpsestes obéissaient à d'autres desseins. Ils avaient le projet de supprimer, d'abolir des pensées périmées ou qui n'étaient pas bonnes.

Les Pères de l'Église faisaient nettoyer les manuscrits des grands auteurs latins pour déposer à leur place, comme font les coucous dans le nid des bergeronnettes, leurs propres vérités. Les Irlandais du VIIe siècle, qui étaient de grands saints, ont commis de tels forfaits. Colomban a fait copier dans la bibliothèque de Bobbio les écrits des Pères de l'Église, les actes des conciles et des passages de la Bible. Tous ces textes ont été calligraphiés sur des palimpsestes desquels avaient d'abord été chassés des auteurs latins tels Plaute, Virgile, Tite-Live ou Cicéron, ainsi que quelques hérésiarques, Arius principalement car il plaisait beaucoup aux Lombards.

Mais les textes tués ne savent pas mourir. En catimini, et comme en retenant leur souffle, ils occupent toujours le terrain. Si l'on sait interroger le palimpseste, au besoin avec des machines compliquées, on constate que les phrases exilées sont toujours là. Même rincés et même gratouillés, les premiers écrits perdurent. On les fait remonter à la surface. Le texte noyé revient. Il est comme un fantôme. Il balbutie. Il parle. Ainsi le palimpseste organise-t-il, avec des méthodes très différentes, les mêmes transhumances de lettres, d'écrits et de sens que celles de mon encre sympathique : éjecté et persécuté, recouvert et tenu pour mort, le texte primitif du palimpseste, comme celui de l'encre au citron, subsiste et parle.

Claude Roy recevait beaucoup de recueils de poésie. Il ne pouvait pas s'en encombrer mais il avait scrupule à les jeter. Il les emportait le week-end dans sa maison de campagne et il y mettait le feu, respectueusement, comme on brûle les cadavres en Inde. Sans doute avait-il la conviction que le poème, même en cendres, s'obstine à faire un peu de bruit.

Dans certaines cultures pré-alphabétiques, les livres étaient des tablettes d'argile molle. Des conquérants jetaient leurs torches. Les argiles cuisaient, durcissaient. Le feu les sauvait, allongeait leur espérance de vie. Les Assyriens détenaient de gros stocks de tablettes d'argile. Ils ne savaient plus qu'en faire. De temps en temps, ils faisaient le ménage. Ils utilisaient les débris de leurs bibliothèques pour confectionner des routes et réparer le sol de leurs maisons.

Au Brésil, dans le Minas Gerais, les esclaves noirs du XVIIIe siècle aimaient les feux d'artifice. Ils confectionnaient des fusées en enveloppant de la poudre dans des pages de livres ou dans des partitions de musique baroque. On a exhumé, il y a trente ans, dans des décharges, les restes noirs de ces fusées. Des musiciens ont reconstitué les partitions carbonisées, les ont jouées. Elles sont très belles et comme en haillons, avec des silences.

Je commence à entrevoir pourquoi je lis : c'est pour assister au miracle du citron, pour voir le texte, même en cendres, même noyé et concassé, sortir des coulisses et dire des merveilles. J'étends la règle du citron à toute lecture. Si j'ouvre un livre, j'ai sous les yeux un grouillement de signes assoupis. Ils roupillent. Ils hibernent. Je les regarde. Je les chauffe. Ils recommencent à bouger. Ils chuchotent. Des myriades de petits rouages se mettent à tourner comme la plus puissante des machineries, afin de déployer tout ce qui était dit dans ces jambages noirs. Un livre est pareil à une horloge arrêtée qu'il suffit de remonter pour que ses rouages se réveillent. Des paysages se forment. Madame Bovary fait l'amour dans un fiacre et Madame de Villeparisis fait porter des fruits magnifiques à l'hôtel de Balbec.

Les anciens juifs aimaient beaucoup les livres, qui leur avaient rendu tant de services. Aussi étaient-ils bien embêtés quand ils devaient purger leurs bibliothèques et se débarrasser d'un rouleau, par exemple parce que son contenu offensait la théologie du jour. Plus convenables que les moines irlandais, ils répugnaient à jeter ces graines d'hérésie car les livres sont comme les hommes : leur âme doit monter au ciel. Aussi les enterraient-ils dans un lieu nommé « ghéniza » près de la synagogue. On a retrouvé des livres inhumés dans les ghénizas d'Égypte. Leurs textes, après deux mille ans de catalepsie, se sont remis à vivre, à palpiter, à dire l'heure, à mettre au monde des objets et des gens, des paysages, des idées.

Est-il une matière première plus fragile, plus menacée que celle dont est fait le livre ? Le papyrus, le parchemin, le vélin, le papier sont choses frêles, friables, destructibles. Est-il machinerie plus infime que celle que constituent les lettres et les mots, les grammaires et les syntaxes ? Et pourtant, tout cela résiste. Certes, il y a eu d'innombrables autodafés mais comment ne pas admirer que tant de ces feuilles et tant de ces gribouillages aient traversé les fureurs de l'Histoire pour échouer sur nos rivages et qu'ils aient échappé aux guerres, aux Inquisitions et aux maléfices du temps ? Et même quand ils sont anéantis, effacés ou brûlés, il leur reste la technique de l'écriture au citron, celle des ghénizas ou celle des palimpsestes, celle de tout acte littéraire : ressusciter les lettres absentes en les chauffant à la flamme, en les lavant une deuxième fois, en les enterrant dans un lieu secret, en déchiffrant leurs cendres. Voilà pourquoi j'aime à lire. Parce que tous les livres sont écrits à l'encre de citron. Parce que chaque roman est un palimpseste.

Titivellus

Titivellus est un diable. Il est petit, goulu et délicat. Il ne mange pas n'importe quoi. Son régal, ce sont les mots, les lettres et les ponctuations. Il n'arrête jamais d'en grignoter, surtout si ces lettres figurent dans des textes saints, car Titivellus est comme tous les diables : il a de la religion. C'est pourquoi il réside dans les abbayes et les *scriptoria*.

Le Moyen Âge fut son « âge d'or ». En ce temps-là, des fourmilières de scribes recopiaient les Évangiles, les épîtres, les vies de saints et les traités de scolastique. Titivellus résidait dans les *scriptoria*. Comme il est très menu, il s'embusquait sous les pupitres. Sa tactique, pour se ravitailler en lettres et en mots, était simple : il faisait des farces, des bons mots. Les copistes éclataient de rire et Titivellus en profitait pour se bourrer d'adjectifs et de points d'exclamation. Il avalait des alphabets entiers avec une préférence, disent les chroniqueurs, pour les cédilles et les signes diacritiques.

Comme la plupart des diables, il était prévoyant et pessimiste. Aussi, il mettait de côté quelques lettres et quelques syllabes pour les périodes de disette. Il se munissait d'un grand sac dans lequel il fourrait des pataquès et des négligences, des solécismes, des gribouillis, des coquilles, des *lapsus calami*, des notes de musique, des appoggiatures, et toutes les petites bêtises qu'avaient faites les moines. Dès que le sac était rempli, Titivellus courait vers Dieu et cafardait. Il dénonçait les étourderies des copistes. Dieu les châtiait.

Les cueillettes de Titivellus étaient d'autant plus fastueuses que les clercs menaient une vie de chien. Pas très savants en général, ils comprenaient mal ce qu'ils calligraphiaient. Toute la journée et jusqu'au crépuscule, ils reproduisaient des textes mystérieux et infinis. L'hiver, ils grelottaient. Le soir, ils n'avaient pas droit à la chandelle car le père supérieur craignait que les manuscrits ne s'enflamment. Et comme ils travaillaient très avant dans le crépuscule, leur vue baissait. Il n'était pas rare qu'ils finissent aveugles.

Tel était le dur destin du copiste : passer sa vie à calligraphier des écritures insensées, tandis que s'effaçaient les douces clartés du monde. Titivellus, lui, se gobergeait. Il devenait gras. La cécité des moines lui faisait profit, tant il est vrai que le vieux moine aveugle commet plus de lapsus que le moine jeune et dont l'œil est neuf.

La seule espérance du copiste était que cette somme inouïe de souffrances aurait un jour sa récompense. Les scribes ne songeaient qu'à ça. Ils en perdaient le sommeil. Ils passaient leurs nuits à calculer le nombre d'in-octavo, de *volumina* et de rouleaux qu'ils devraient encore recopier pour mériter le Paradis, étant entendu qu'ils devaient soustraire de leur production toutes les lettres que Titivellus avait chapardées. Et comme Titivellus était un pervers, dès qu'un copiste s'apprêtait à recevoir enfin son billet pour le Paradis, le diablotin surgissait, avec un plein panier de coquilles et de fautes d'orthographe. Et Dieu, qui n'est pas d'une nature méfiante, collait au copiste quelques millénaires de feu, de fourches et de soufre.

Les copistes étaient découragés. Avec le temps, ils travaillaient de moins en moins bien. Ils devenaient un peu cancres. Ils oubliaient leur alphabet. Au XIIIe siècle, nous dit Jacques Le Goff, ceux de Murbach n'ont plus aucune idée de la grammaire et Titivellus se fait des festins de cuirs, de pataquès, de doublons et de velours. Quand Boccace pénètre dans la bibliothèque du mont Cassin, l'abandon est tel qu'il ne retient pas ses sanglots : sur d'interminables étagères sont rangés des livres de poussière, tandis que, derrière leurs pupitres, des dizaines de scribes à peu près aveugles calligraphient du néant.

Les aventures de Titivellus ont cependant quelque chose de rassurant. Elles nous font assister, *in vivo*, à la transmutation du Mal en Bien. Sur la fin du Moyen Âge, quelques scribes, plus subtils qu'érudits, et fatigués des vilenies de Titivellus, détournent la flèche que leur décoche le démon et la lui renvoient en pleine figure. Ils « retournent » le diable comme l'Intelligence Service « retournait » les espions soviétiques pendant la guerre froide. Voici leur recette : quand le père abbé ramasse les copies, à la fin des matines, et en vérifie l'excellence, les moines proclament leur innocence. Ils cafardent à leur tour. Ils dénoncent les manigances de Titivellus, ce qui explique ce cri si émouvant parfois entendu dans les mourantes bibliothèques du XVe siècle : « C'est pas moi, Seigneur, c'est Titivellus ! » Certains ajoutent quelques commentaires à l'intention du père abbé : « C'est encore un coup de Titivellus, révérend. Il fait que de nous embêter ! Il fait que de bouffer nos lettres ! » Ainsi Titivellus, qui ne rêvait que de nuire aux copistes, devient-il l'ouvrier de leur salut. Et l'ange du Bien terrasse celui du Mal, bonne chose ! Il est vrai qu'une thèse circule dans les milieux laïques, francs-maçons et agnostiques : Titivellus ne serait pas une création du Diable ou du bon Dieu. Il aurait été inventé, tout simplement, par les scribes.

D'autres chercheurs affirment que Titivellus, loin d'avoir péri à la fin du Moyen Âge avec les derniers ateliers de copie, s'est reconverti et qu'il a quitté les *scriptoria* pour emménager dans les lycées, ce qui expliquerait cet analphabétisme dont les progrès fulgurants font tant de peine à tous les ministres de l'Éducation nationale depuis que Jules Ferry n'est plus aux affaires.

On dit également que Titivellus a lancé des métastases, loin des *scriptoria*. Depuis une cinquantaine d'années, si je me souviens bien, il opérerait dans les hospices où meurent par petits morceaux les personnes âgées. Là, Titivellus fait bombance, encore qu'il ait dû modifier son régime alimentaire. Comme les vieillards sont bien incapables d'écrire ou de lire les lettres de l'alphabet, Titivellus s'est recyclé : il boulotte des mémoires entières, des cargaisons de souvenirs, tout ce qui stagne dans les cervelles des vieilles gens. D'ailleurs, Titivellus est lui-même si vieux qu'il a perdu la mémoire. Il croit aujourd'hui qu'il s'appelle Alzheimer.

Il aurait également établi ses quartiers dans la littérature du XXe siècle. Il serait l'ordonnateur clandestin de ce que l'on nomme, depuis cent ans déjà, la littérature moderne ou l'avant-garde. Les membres de cette avant-garde chenue, moins doués que les scribes analphabètes, ne se rendent même pas compte que Titivellus est passé par là, qu'il s'est empiffré de leurs lettres, qu'il fait des cabrioles et des pique-niques parmi leurs alphabets et qu'il ne reste, de leurs poèmes et de leurs romans, ni la queue ni la tête.

Europe

L'Europe existe-t-elle ? Dès le commencement de la Grèce, le poète Hésiode l'aperçoit, et bientôt Hérodote nous dit qu'elle est « excessivement belle, et qu'elle porte toutes sortes d'arbres fruitiers ». Un jugement simple. Par la suite, les choses se compliquent. Paul Valéry observe que l'Europe contient tout à la fois la Grèce, Rome et le Christ. Bon… André Malraux ajoute une précision : l'Europe est un grand cimetière où ne dorment que des conquérants morts. Par chance, il consent que ce cimetière soit « chargé de résurrections », ce qui nous console un petit peu.

Je préfère les arbres fruitiers d'Hérodote. Ils racontent que l'Europe est une terre, un sol, un ciel, et que ses habitants sont des jardiniers. Au surplus, d'excellents jardiniers, car, contrairement à ceux de Candide, ils voient plus loin que le bout de leur lopin. Des jardiniers-voyageurs. Dès qu'ils tombent sur une clôture, ils grimpent à l'échelle pour épier les plates-bandes du voisin. Hérodote est un Européen. Il quitte son jardin, ce qui lui vaut d'être le premier des historiens, et le premier des géographes. En des temps peu enclins aux voyages, il court au loin, sur ces terres vagues de Perse, d'Égypte ou du pays des Scythes. De là-bas, il jette un œil – par-dessus la mer – sur l'Europe d'où il vient, et il admire comme elle est belle.

L'Europe est comme Hérodote, une voyageuse. Elle ne tient pas en place. Il faut qu'elle se bouge et qu'elle parte pour revenir. Elle rôde. Elle maraude et elle flâne. Elle baguenaude. Elle cambriole un peu. Elle s'éloigne de son village pour découvrir les couleurs de son clocher. Le lointain illumine le proche. La distance dépayse le familier, le donne à voir. Elle va au loin pour se reconnaître. Mais elle ne s'intéresse pas qu'au dedans. Elle aime aussi le dehors : à l'étranger, elle interroge les habitants. Elle leur distribue quelques secrets… et leur barbote des recettes, des fleurs, des savoirs. Elle croise son génie avec celui des autres. Elle ajoute son grain de sel à toutes les sauces. L'Européen, comme Ulysse et comme Hérodote, est d'abord un homme curieux. Sa curiosité scelle son destin. Une curiosité, fille de la géographie. Sur les mappemondes, l'Europe apparaît naine, mais les dieux n'ont pas lésiné : ils l'ont bourrée de géographies. Sur ce petit cap de l'énorme Asie, ils ont entassé tout ce qu'ils recelaient dans leurs magasins, quitte à entrelacer les uns avec les autres – jusqu'à l'inextricable – les fleuves, les mers, les terres, les synclinaux, les lacs, les îles… Ils ont empilé tout ce qu'ils savaient bricoler : des isthmes, des climats froids et chauds, des estuaires, des montagnes petites et grandes, des milliers de kilomètres de littoral, des vallées, des thalwegs, des promontoires, des culs-de-sac et des marécages. Biscornue et bariolée, l'Europe regorge de cagibis et de couloirs, de belvédères, d'escaliers dérobés, d'ethnies et de frontières, de mémoires et de langues, d'archives, d'horizons, de balcons et de vitres. Comme une dentelle. Éparpillée mais élégante, elle ne ferme cependant pas à clef. Ses portes pendent à leurs gonds car elle est encerclée de mers, et ces mers se faufilent loin dans les terres. Et les vents – qui soufflent ici d'ouest en est – pénètrent profondément jusqu'au fin fond de ce continent écarquillé, lui apportant à la fois les bienfaits de l'océan, une odeur d'algues et de sel, et l'envie folle de se mettre en route. Ses rivages la hantent. Avec ses plages et ses finisterres, dont chacun est à la fois « fin et commencement du monde », on croirait un immense embarcadère. Ouverte aux quatre vents et aux mille mers, découpée en lanières, pareille géographie est une invitation au voyage. L'Europe cède à cette invite : elle ne songe qu'à appareiller, pour aller voir ce qui se trame au-delà des cols, des steppes et des eaux.

Toujours impatiente de prendre la mer, elle commence par explorer – en long et en large – son propre territoire, ainsi que cette grosse flaque si proche : la Méditerranée, dont toutes les rives sont à portée. Plus tard, à la Renaissance, elle se lance sur la mer Océane, dont nul ne sait quelles ténèbres la bordaient. Accoudée à ses balcons de brume et d'azur, juchée sur ses promontoires et penchée sur ses falaises, poussée en outre par l'énorme masse de terre asiatique, l'Europe largue les amarres comme on s'offre à un vertige. Elle se jette dans le vide. Voilà ce que c'est que d'être curieux : on commence par recenser ce qui vous entoure, et un beau jour, on découvre des Asies, des Afriques et puis des Amériques et des Polynésies.

Mais on ne navigue pas, on n'explore pas, on ne voyage pas, sans se donner quelques outils perfectionnés. Comme si elle prévoyait sa vocation de grande voyageuse, l'Europe, dès ses premiers balbutiements, et avant même qu'elle n'appréhende l'immensité terrestre, invente les appareils qui lui permettront de larguer les amarres en direction de l'infini. Elle s'équipe. Elle forge des instruments pour rapprocher les terres inconnues ou longer les abîmes : des routes qui se tortillent dans tous les cols et dans toutes les vallées, des bateaux qui fendent les flots et domptent les vents, des horloges et des télescopes, des ethnologues et des linguistes pour tenter de comprendre les peuples cachés depuis le début du monde, des géographes pour dresser le cadastre de ses apanages, la règle du « tiers exclu » et la logique d'Aristote pour conduire ses pensées et celles des autres, l'hygiène du doute pour explorer ses lointains intérieurs, des botanistes et des naturalistes, pour ajouter, aux peintures de ses forêts et de ses jardins, les fleurs cueillies aux antipodes.

En même temps, elle produit des missionnaires pour apprendre aux malheureux hérétiques, païens ou égarés quel est le vrai dieu. Des armes pour tuer les récalcitrants, des lettres de change pour que les marchandises affluent dans ses épiceries, des machines-outils pour asservir la terre, des arpenteurs pour tracer ses frontières mais aussi celles des autres… Oui, tout ce qui a fait de l'Europe un des « grands ouvreurs de routes » de la planète, en même temps qu'un des plus généreux et féroces acteurs de l'*histoire*, tout procède de cette curiosité magnifique, dévoratrice et sans fin, à laquelle la vouait sa *géographie*. Faust, qui est la figure la plus fidèle au génie de l'Europe, ne dit rien d'autre : « Où est le bout du monde ? hurle-t-il. Je voudrais bien qu'on m'assurât moi aussi de son existence. »

Les lumières nomades de l'Europe

J'ai passé mon enfance en Algérie, à Oran. Le lycée s'appelait Lamoricière. À midi, je revenais à la maison. Je suivais la rue de la Vieille-Mosquée. Le soleil était blanc et comme de la craie. Dans cette blancheur, je marchais en aveugle. Les nuits étaient éblouies. Le matin, la mer devenait transparente. L'univers recommençait. Et très vite il mourait.

Le jour où nous sommes revenus en France, j'ai d'abord estimé que l'Europe était une terre décolorée. Qu'est-ce que c'était que ces miroitements de lacs et de sources et ces faux jours, ces nuances, ces clartés molles et ces pluies, ces friselis, ces lointains bleus, ces tremblements ? Ça ne faisait pas le poids face au battement de forges d'Aïn el-Turck, de la rue de la Vieille-Mosquée ou de Mers el-Kébir ! Je voyais fondre les sauvages peintures de l'Algérie, un peu comme s'effacent les fresques de Rome quand la caméra de Fellini les illumine, après vingt siècles d'ombre.

Quelques mois ont passé et j'ai appris à voir. Les couleurs s'apprivoisaient. Timidement et comme des papillons, elles revenaient. J'entendais leurs frôlements. Elles se posaient sur les rivières et sur les collines, elles laquaient les brumes, les fleurs. Elles mettaient un vernis invisible sur les pâtures. J'étais rassuré mais je les tenais à l'œil. Elles étaient timides. Un rien les mettait en fuite. Je n'étais pas tranquille. Et si elles profitaient d'une distraction pour ficher le camp et me laisser aux prises avec des cendres !

C'est à ce moment-là que j'ai pris une décision. J'allais me constituer une collection de lumières. On fait bien des albums de timbres, des boîtes de papillons et de chants d'oiseaux, des régiments de soldats de plomb, des catalogues de la Manufacture d'armes et de cycles de Saint-Étienne ! Pourquoi pas un herbier de couleurs ?

Pour la première pièce de ma collection, j'ai choisi la continuité. En hommage à l'Algérie perdue, j'ai fait main basse sur le soleil de la Méditerranée. Je l'ai coincé sur les escaliers monumentaux de la gare Saint-Charles, à Marseille. Je l'ai fourré dans ma besace. Ces escaliers sont une merveille. Ils descendent vers un gouffre dans lequel se mêlent l'eau, le feu, l'or et peut-être la mort. Ils joignent le vide avec le vide. On attend que les trois coups soient frappés et que la mer s'ouvre, comme un rideau de théâtre, sur une tragédie de Sophocle, sur les yeux crevés d'Œdipe, avec des rois fous et des femmes ensanglantées.

Ensuite, j'ai commencé la chasse aux lumières subtiles de l'Europe. Elles étaient furtives. Elles s'installaient pour une matinée et elles fichaient le camp. Elles chahutaient tout le temps. Dès que j'avais le dos tourné, elles changeaient de couleur ou bien elles se chamaillaient. Elles allaient au diable ou au bon dieu.

D'une première cueillette, j'ai retenu la rivière du Gambarogno parce que le lac Majeur ressemblait à un ciel à l'envers et que des nuages blancs nageaient sous ses eaux claires. Ce jour-là, j'ai compris que les lumières de l'Europe ont un envers, et qu'on peut voir cet envers dans les lacs ou dans les rivières.

J'ai ajouté quelques batailles d'orages noirs, au-dessus des îles Hébrides, et les coulées d'huile qui font si vertes les prairies du Burgenland en Autriche. En Irlande, j'ai prélevé des fantômes de lumières dans le Connemara. Au début de novembre, j'étais à Hambourg. J'y ai récolté une mer du Nord lourde, vitreuse, translucide et un peu vénéneuse. Plus tard, j'ai visité les ciels écartelés de la Grèce, les écumes bleues de Knokke-Le-Zoute, les blancheurs du Tyrol, les clartés des canaux de Bruges, lourdes et lentes comme des souvenirs. En Écosse, des millions d'oiseaux d'or se jetaient du haut de leurs falaises dans les vents venus de l'ouest. Ces vents étaient pourpres. Benjamin Constant disait : « Heureux le pays qui connaît la couleur de ses vents », et cette phrase vaut mieux qu'*Adolphe* et *Le Cahier rouge* ensemble.

Ce premier inventaire m'a demandé plusieurs années. Dieu merci, il n'y avait pas encore tous ces avions. J'allais en chemin de fer dans les vallées enchevêtrées de l'Italie, de la Suisse et de l'Allemagne. Les trains produisaient des fumées blanches, des nuages. Très respectueux de la géologie, ils se coulaient dans les pliures du paysage. Ils aimaient les courbes car leurs constructeurs y avaient vu l'occasion d'exposer les passagers à l'orient ou au ponant tour à tour, à l'ubac ou à l'adret.

À chaque virage, les montagnes changeaient de lumières. Les ingénieurs du XIXe siècle étaient des gros romantiques. Ils avaient calculé leurs voies exprès pour multiplier les splendeurs. Ces trains étaient aimables, bon public et un peu badauds. Dès qu'ils repéraient une traînée de cuivre ou d'aurore dans les marécages du Tessin, des éclairages d'opéra dans la nuit des Dolomites, une lueur d'émeraude entre deux villages perchés des Apennins, ils poussaient des sifflements d'enthousiasme.

Un jour, un tortillard m'a déposé à Bienne, près de Neuchâtel. Une barque m'a mené jusqu'à l'île Saint-Pierre, au milieu du lac. Je connaissais bien cette île. Je n'y étais jamais venu mais Jean-Jacques Rousseau en parle dans *Les Rêveries du promeneur solitaire*. Il y consolait ses tristesses en cueillant les fleurs du paradis terrestre. Malheureusement, le jour où j'y ai atterri, le Paradis terrestre était en mauvaise posture. Un enfer guignait sa place. Le minuscule lac de Bienne était hors de son caractère. Il faisait l'Océan. Il soufflait. Il essayait de rugir et de produire des grosses vagues. Le ciel était en loques. Les vents le cisaillaient. Comme teintures de Paradis, j'avais droit à du noir et à du violet, à du boyau de lièvre et à du soufre. Pourtant, après une heure, le soleil était là. Les prairies humides étincelaient. La Suisse est ainsi : une miniature de l'Europe, la miniature d'un continent baroque, avec mille montagnes, mille lacs et mille ciels, la fabrique de toutes les lumières.

J'ai fait l'Islande. Je suis arrivé au début de mars. Dès le premier matin, mes idées sur le nord et le sud ont capoté. J'attendais du terne et de l'inerte, des nuits de plomb, des brouillards, et je pénétrais dans un arc-en-ciel. La grande île neigeuse était comme le lac de Bienne et comme la vallée de la Durance, comme aussi les ciels décharnés de l'Albanie ou comme les velours mouillés de la Mazurie : un entrepôt de toutes les lumières – des lumières vernissées et des pelucheuses, des contemporaines et d'autres du XVIIe siècle et quelques-unes du Moyen Âge, de la préhistoire même, des tendres comme des chairs d'enfants et d'autres corrompues, riches et triomphantes. J'en ai aperçu une, dans la direction des îles Vestmann, qui revenait de l'île de Cheju, en Corée. Elle s'était égarée, certainement.

Au-dessus des lacs volcaniques, noirs et gris, rouges, bleus, j'ai découvert des clartés à l'agonie et d'autres étaient comme des villes en ruine. Un matin de juin, j'ai fait un détour sur la côte sud, après une excursion au volcan Hekla, dont je voulais voir les fumerolles. Je suis descendu sur Vik, face à la mer. L'air était si pur qu'on ne distinguait pas la fêlure entre le ciel et l'eau. J'aurais pu toucher l'horizon de la main, mais j'ai eu peur d'égratigner la mer. Des petits bateaux flottaient au-dessus du vide. Ils se sont défaits dans le bercement des vagues comme les moucherons dans une flamme.

On agitait le bras dans le soleil et le soleil dégoulinait le long des doigts. La terre avait disparu. Il n'y avait plus de montagnes et plus de ruisseaux. Il y avait des tonnes de lumière. Le soir du solstice de juin, je suis allé près du glacier de Vatnajökull, dans les landes de bronze du Landmannalaugar et comment dormir quand les nuits sont comme des jours ?

Dans les commencements de l'été, l'Islande est folle. Ses paysages sont en extase et les filles font l'amour. Vers minuit, le monde s'est arrêté. Le temps était en panne. Les nuages frottaient les dômes de rhyolite et de basalte, leurs teintes de sable ou de goudron. Je me baladais dans un cristal. J'apercevais le dedans de la terre, ses ossements, ses lacs souterrains, l'intérieur de ses volcans, ses veines caves et ses artères aortes, ses stocks de glace et de laves, ses forges, ses trolls et ses dieux. Sur les prairies de saxifrages et de lupins, sur les œillets-de-mer et sur les petites fermes coloriées descendait une poudre de lune et d'obsidienne. Deux chevaux rebondis paissaient une herbe mauve. On osait à peine respirer : les midis et les minuits étaient entrelacés.

On avait crainte que le soleil ne retrouve plus ses chemins et que la nuit blanche n'ait point de fin. La Genèse nous a raconté cette histoire-là. Nous étions dans le début des choses. Sur notre belvédère, nous attendions patiemment que Dieu donne l'ordre de séparer la clarté de la ténèbre, de les décoller l'une de l'autre sans les déchirer. La nuit coulait dans les sources. Je n'avais jamais vu autant de noir et de clarté ensemble. Nous n'étions pas au monde.

C'est la leçon que j'ai retenue de mon Islande :

la lumière a besoin de l'ombre. Toute seule, elle ne s'en sort pas. Les grandes religions nous en avaient déjà touché un mot. L'islam dit que l'univers est « l'ombre lumineuse de Dieu ». Les églises du Moyen Âge campaient sur la frontière du soleil et des ténèbres. Victor Hugo, quand il meurt, dit : « C'est ici le combat du jour et de la nuit. » Et il voit de la lumière noire.

Un très grand écrivain japonais, Junichirô Tanizaki, a compris ces mystères. Dans son *Éloge de l'ombre*, il ne parle pas de l'Islande mais de l'Europe et du Japon. Son idée est que l'Occident est trop éclairé. Il déteste les objets rutilants, les surfaces trop propres, trop étincelantes, le clinquant dont nous sommes friands. Il trouve miséricordieuses les maisons japonaises car elles sont emmitouflées de clair et d'obscur, habiles à tamiser les midis, amoureuses de la flamme des bougies. Il aime mieux les fenêtres de papier et leurs textures diaphanes que les vitres vides de l'Occident. Il aime mieux la lueur en perdition des jades que les étincellements secs, durs et coupants du diamant.

> « La beauté d'une pièce d'habitation japonaise, produite uniquement par un jeu sur le degré d'opacité de l'ombre, se passe de tout accessoire. L'Occidental, en voyant cela, est frappé par ce dépouillement et croit n'avoir affaire qu'à des murs gris, interprétation parfaitement légitime de son point de vue mais qui prouve qu'il n'a point percé l'énigme de l'ombre… C'est cette lumière indirecte et diffuse qui

est le facteur essentiel de la beauté de nos demeures. Et pour que cette lumière épuisée, atténuée, précaire, imprègne à fond les murs de la pièce, nous les peignons de couleurs neutres à dessein… Nous nous complaisons dans cette clarté ténue, faite de lumière extérieure d'apparence incertaine, cramponnée à la surface des murs de couleur crépusculaire et qui conserve à grand-peine un dernier reste de vie. »

Tanizaki n'est pas un ennemi de la lumière. Il en est même toqué, mais il sait qu'elle est l'ombre éblouie de l'ombre. C'est pourquoi il est à l'affût des ternissures et des choses qui s'effacent, de l'invisible et du déclin des soleils. Il sait que la lumière est une figure de l'obscur et qu'elle réussit ses plus beaux numéros dans les demi-jours, dans les saisons fracassées, entre chien et loup et sur les seuils, dans les entre-deux, et quand on soulève les brumes qui cachent les arrière-pays.

Il est vrai que l'Occident et sa modernité sont des obsédés de lumières au point que la nuit s'est retirée. Les électricités des villes ont offusqué les étoiles et nos nuits sont des mortes. La Voie lactée est en fuite. Il faut courir aux déserts si on veut la rattraper.

Pourtant, Tanizaki est un peu injuste. Si les villes de l'Occident sont aveuglées de spots et de flashes, les campagnes sont sans reproche. Elles n'ont rien oublié de leur noblesse et de leurs demi-teintes. Les paysages de l'Europe partagent la philosophie du Japonais : leur brillant est une complication de l'ombre et sa hantise.

Comment expliquer le génie lumineux de l'Europe ? Faut-il invoquer la géologie ? L'Europe est percée d'isthmes, de gorges, de défilés, et plissée comme une vieille figure. Et puisque ses reliefs et ses décors changent tous les dix kilomètres, ses lumières sont bien obligées de suivre et de se renouveler. Elles doivent incessamment puiser dans leurs réserves pour accompagner les soubresauts de la géographie. À chaque golfe, sa palette ! À chaque vallée et à chaque sommet, ses azurs ou ses brillants, ses ribambelles et ses réverbérations. Les soleils européens sont taillés sur mesure, à la dimension d'une vallée de trente kilomètres de long, d'un lac minuscule, d'un thalweg ou d'une calanque. Et dès qu'on passe d'un de ces paysages à son voisin, un autre soleil est convoqué et assure la relève.

Des pays comme la Sibérie, les savanes du Sahel, les grandes plaines du Brésil ou les forêts de l'Amazonie ne connaissent pas ces impatiences. Quand ils ont mis la main sur un panorama, ils n'ont pas envie de le flanquer au rancart. Ils l'usent jusqu'à la corde. Ils posent sur lui leur grosse patte et ils ne le laissent pas s'échapper. Ils travaillent dans le solide, le durable, le persévérant. Le Créateur de ces contrées n'était pas un touche-à-tout. Il fabriquait du paysage en gros, pas en détail.

Quand il avait mis au point un modèle de plaine, de rivière ou de jungle, généralement somptueux, il l'exploitait jusqu'à épuisement. Si vous traversez les solitudes magiques de l'Asie ou de l'Amérique, en autocar, vous en avez pour vingt-quatre heures, pour quarante-huit heures, avec un même soleil, une seule terre rouge ou bien grise, avant que le Maître des choses se fatigue et consente à mettre en chantier une nouvelle « ligne de paysage ».

Conséquences : dans ces pays interminables, les soleils et les lumières font comme la géographie. Ils rabâchent. Ils optent pour la durée, non pour le momentané, pour le permanent, non pour le volatil. Quelques douzaines de soleil suffisent pour tenir une saison entière. L'Europe, au contraire, parce qu'elle est faite de milliers de géographies emboîtées, est bien obligée de disposer de mille soleils, un par paysage, et de millions de lumières.

Les climats ont aussi leur mot à dire. Aussi dissemblables que soient les fjords de Norvège, les prairies grasses du Sussex ou les rochers hérissés de la Sicile, ils disposent tous de quatre saisons extrêmement contrastées. Chaque fois que passe un équinoxe ou un solstice, un paysage décampe. Un autre paysage sort de l'ombre à sa place. Ainsi au long des mois verra-t-on se succéder des neiges éblouies, les tendres reflets du printemps, un pays de bleu ou d'or, de goudron, un pays de neige ou de fin de jour, un pays de blé, de feuilles et de branches.

Les eaux portent au comble ce génie « frégolien » de la lumière européenne. Ici, la mer est partout. Si le continent, dans ses finisterres, regarde les immensités de l'océan, il fait aussi la part belle aux mers étroites, la Ligurienne ou l'Adriatique, la Tyrrhénienne, la mer de Marmara, et la mer d'Alboran, le Kattegat et le Grand Belt, la Baltique, la mer Ionienne ou le golfe de Botnie. Sa mappemonde est une dentelle de golfes et de criques, de flaques et de flaches, sans oublier les lacs, les marécages, les mares, les fleuves et les pluies, les merveilleuses pluies. Ses ciels sont toujours saturés de vapeurs, d'embruns et de millions de gouttes d'eau. C'est ce qui donne à ses lumières leur luisant et leur fluidité.

À ce foisonnement, les peintres ont contribué. Non seulement leurs pinceaux nous ont dévoilé des finesses qui nous eussent échappé sans leur concours mais ils ont créé de toutes pièces des couleurs jusqu'à eux absentes, des couleurs qui ne sont pas au monde, inconnues du Créateur même, et qui ont été bien contentes d'accéder à l'existence grâce à Titien, Constable, Watteau, Poussin ou Turner. Elles ont emménagé chez nous et elles s'y plaisent bien. Depuis, elles s'accrochent. Elles ont pris pension sur nos terres, refusent qu'on les reconduise à leur nuit, réclament le « droit d'asile » et se prélassent dans nos golfes, sur nos estrans et sur nos prairies, dans le creux de nos vallons.

Les paysages de l'Europe étaient-ils déjà bigarrés dans le premier Moyen Âge, avant que les miniaturistes allument les Livres saints, remplacent l'or des éternités byzantines par des sarabandes de bleus, de vermeil ou de miel ? Et bientôt, les églises, lassées des sévérités romaines et du teint cireux des moines, vont se bâtir autour de leurs vitraux. Leurs verrières ensorcellent les heures. Elles les prennent dans leurs vitres. Dès lors, les messes gothiques auront la mission de dire les beautés de la lumière. Les fidèles, quand ils s'agenouillent, sont barbouillés par les rayons écarlates, bleus ou mordorés qui tombent du manteau de la Sainte Vierge ou des entrailles de sainte Agathe, la pauvre. Ils s'aperçoivent que la prairie est pleine de fleurs et de sources, que les aubes sont de la soie et que les saintes femmes sont bariolées.

Il existe en Europe un pays qui fut créé par ses peintres. Ce pays est la Hollande. Il faut dire que le Créateur ne s'était pas foulé. Il n'avait même pas achevé son ouvrage. Là-haut, le long de la mer du Nord, il avait bâclé à gros traits quelque chose qui pouvait évoquer vaguement un pays – deux fleuves, la Meuse et le Rhin, des limons, des sables, le degré zéro d'un paysage – et il était parti ailleurs, en oubliant ce petit bout de néant au bord des eaux.

Dans un premier temps, les ingénieurs des ponts et chaussées ont meublé ce néant. Ils ont apporté des sables, de la terre. Ils ont creusé la boue. Ils ont durci les tourbières. Avec des sables mouvants, ils ont fait des sables immobiles. Ils ont récolté les alluvions des grands fleuves pour en faire des polders. Ils ont fourré la mer et les rivières dans des canaux. Épatant ! Mais à peine rangeaient-ils leurs truelles qu'on découvrait un gros oubli : les lumières.

Heureusement, dès que les maçons et les ingénieurs eurent déguerpi, les peintres se sont présentés pour les finitions. Ils ont perfectionné l'ouvrage des ingénieurs en faisant couler sur les herbages, les digues, les vaches et les maisons de brique des torrents de lumières.

Frans Hals fut parmi les premiers et l'un des plus zélés. Il adore se saouler. Il bâfre. Avec sa chère épouse, il a un jeu. Ils s'asseyent l'un en face de l'autre, et ils se filent des claques. Ensuite, ils boivent comme des tonneaux. Quand ils sont bien pleins, ils se disent des gros mots. Et puis, Hals va rejoindre ses copains. Au cabaret, il froisse les jupes des femmes car les Hollandaises portent quinze jupons de toutes les couleurs. C'est agréable, surtout pour un peintre, et les lumières affluent sur la palette.

Quand il a soixante ans, Frans Hals se métamorphose. Les couleurs défaillent. Hals peint dans le funèbre et dans le noir, les Régents, les Régentes… Est-ce que la lumière est un péché ? Est-ce qu'il avait vidé ses derniers pots de peinture et épuisé ses stocks d'azur, de vermeil et d'hermine ?

Peu importe. Les lumières qu'il avait tant aimées ont échappé à ses mains mourantes et elles sont demeurées dans la Hollande. Même sans les pinceaux de Hals, les négociants conservent leurs figures cramoisies. La peau des servantes est toujours blonde et de porcelaine, et les polders sont survolés par des ciels immenses et des nuées de la meilleure fabrique.

Rembrandt va prolonger le travail de Hals et le bouleverser en même temps. Il ne se contente plus d'iriser les polders, les pâturages et les maisons de briques. Il jette ses torches dans les caves. Dans le quartier le plus pouilleux d'Amsterdam, il peint les défilés de haute couture de la mort et du soleil, avec les manteaux dorés des Rois mages, les cabochons de la reine de Saba, les pourpoints des maharajas et les princes d'Israël. Dans les brouillards jaunes et blancs, il fait crépiter des buissons ardents et il convoque, au-dessus d'Amsterdam et de ses canaux, des ciels corail, aveugles ou incandescents. Il déverse les fastes de l'Orient sur les rives de la Baltique. Après le passage tonitruant de Hals et de Rembrandt, le pays grisaille est devenu une caverne d'Ali Baba aux coffres pleins de rayons d'ors et de rouille.

Survient Vermeer. Il calme la lumière. Il peint le silence et les couleurs du silence. Grâce à lui, nous savons qu'il y a des silences bleus et d'autres de la couleur de la mer, du sable ou de la nacre et des silences comme des cartes de géographie.

L'album des lumières de l'Europe commence à se garnir mais comment se conclurait-il jamais ? Comment dire toutes les teintes de l'Europe et n'en pas oublier ? Elles ne se contentent pas d'être innombrables. Elles sont inachevées. L'usine énigmatique qui les produit sort chaque jour de nouveaux modèles, des échantillons sans antécédents. Pour comble, ces lumières ont la bougeotte. La constance n'est pas leur fort. Elles enduisent un ciel et déjà elles l'effacent pour en barbouiller un nouveau.

À peine ont-elles achevé un paysage qu'elles en mettent un autre en chantier. Elles jouent au jeu du furet. Une de leurs distractions est de vagabonder, d'ignorer les frontières, de se confier au hasard et au désir fou, d'aller du nord à l'ouest et de l'est au midi. Elles sont comme les oiseaux. Elles migrent. Elles passent une saison à la mer mais c'est fatigant, la mer, et elles vont porter leurs pigments ailleurs.

Elles vont redorer les montagnes, ou bien une plaine ou un marécage. Elles sont des voyageuses. On les a repérées l'été dernier au-dessus des Balkans et, cette année, elles rôdent dans les Pyrénées ou bien dans les Pouilles.

Jean Giono écrit : « J'ai vu la lumière de Venise en plein nord de l'Écosse, sur la côte atlantique, vers Mallaig. » Ce n'est pas une boutade. Les poètes sont bien incapables de mentir. Ils sont sérieux comme des papes, surtout s'ils rigolent. Ils disent toujours la vérité quand ils mentent. C'est pourquoi il faut croire Giono : les lumières se baladent. Elles nous débitent, année après année, des pays provisoires. Non seulement elles magnifient nos randonnées mais elles sont elles-mêmes un grand voyage, et sans fin et sans commencement. Les neiges et les brouillards de décembre, les incendies de l'automne et ses obscurités, les bûchers du mois d'août, chaque frisson du ciel et de l'eau remodèlent nos cosmographies et nous font passer de hautes frontières. Si on est habile, on peut faire le tour du monde sans bouger de son jardin. Il suffit d'observer, chaque matin, chaque midi et chaque minuit, les lumières de l'Europe, les belles lumières nomades de la belle Europe.

Contre les fées

Les fées, je ne les aime presque pas. Tout enfant déjà, elles m'énervaient. Je les jugeais snobs, prétentieuses et futiles. Elles débarquaient à la veillée, par temps de pluie ou bien de neige. Un de mes oncles ouvrait un livre dont la couverture était pleine de rouge et d'or. Il en sortait un bric-à-brac : des lutins, des ogres, des dragons, des loups, des nains et des Poucets, des cercueils de verre, des licornes, des aiguilles, des sabotiers, des vizirs, des princes et des barbes. Au bout d'un moment, Cendrillon se disputait avec ses sœurs. Elle perdait sa pantoufle et je m'endormais.

Les gravures qui agrémentaient ces histoires, dans nos éditions illustrées, ne les sauvaient pas de leur mièvrerie. Les princes charmants étaient les princes de la fadeur. Les demoiselles pouffaient dans tous les coins. Les fées étaient vulgaires. Où avaient-elles bien pu acheter ces clinquantes toilettes ? Elles se fournissaient dans des magasins pour nouveaux riches : du satin, de la soie, des monceaux de rubis et d'émeraudes, des diamants gros comme le Ritz.

Et cette manie de changer de tête à tout bout de champ. Un valet était un roi. Un lion était un lapin. On ne pouvait se fier à personne et le Graal était en fuite.

Quand mon ennui touchait au comble, je changeais de conte. Mais j'avais beau courir de la forêt de Brocéliande à celle de Merlin l'Enchanteur, de l'Irlande à l'Ardenne, de Copenhague à la Sicile, je retombais dans les mêmes récits. Il y avait quatre ou cinq canevas en tout que les faiseurs de contes se chipaient ou se refilaient, de la Mongolie-Extérieure à l'Italie du Nord et de l'Amazonie à l'Écosse. Ils faisaient canevas commun. Ils brodaient tous sur le même métier.

Si du moins ils avaient du talent ! Mais non : ils sont expéditifs, assez menteurs, négligents et peu respectueux de leurs lecteurs. Ils travaillent à la va-vite. Ils ne font pas le moindre effort pour convaincre. Des paresseux. Ils tiennent leurs lecteurs pour des imbéciles. Ce loup habillé en grand-mère, avec son bonnet de dentelles ! Et il faudrait qu'il nous épouvante ! Même le Chaperon Rouge, qui n'a pas inventé la poudre de perlimpinpin, n'est pas bête à ce point. Pour nous faire plaisir, elle fait mine de croire à cette mise en scène mais, au fond, elle sait très bien que cette vieille femme est un loup. Un loup grotesque, voilà tout.

Et les dialogues ! « Tirez la chevillette et la bobinette cherra », des trucs de ce genre. Des concours de « quitte ou double » initiatiques, comme chez Jean-Pierre Foucault. Des platitudes, de l'amphigouri et des charabias. Quand on pense au mal que Flaubert se donne pour nous convaincre que sa Bovary a vraiment absorbé de la noix vomique et qu'elle sent mauvais ! Rien de tel chez les fabricants de fées : même quand ils nous font avaler des billevesées, ils écrivent à la paresseuse. Ils ne croient pas à l'histoire qu'ils racontent. Les fées non plus. Elles n'ont pas lu leurs propres contes, crainte de s'ennuyer sans doute et de s'endormir pour cent ans. Résultat, ce sont les enfants qui font tout le boulot : non seulement ils lisent ces histoires mais encore il faudrait qu'ils en tremblent !

En ce temps-là, j'étais innocent. Comme je n'avais pas lu Freud, je ratais le meilleur. Pouvais-je deviner que les contes de fées ruissellent de sexualité et que ces créatures si sucrées sont bourrées de stupre, de voluptés, de péchés, de sadisme, d'inceste et d'un tas de choses très amusantes ? Je ne touchais pas une bille. Des péchés délicieux passaient sous mon nez et je n'y voyais que du bleu. Quel gâchis ! J'apprenais que Peau d'Âne risquait d'épouser son père et je me disais : « Pourquoi pas ? » Ce n'était pas une mauvaise idée, surtout qu'ils étaient déjà de la même famille. Et si le loup de Prokofiev avait la queue coupée, je versais une larme sur cette queue. La pauvre bête avait dû avoir bien mal. Quand le Chaperon Rouge demande au loup où elle doit mettre son tablier et que le loup répond : « Tu n'en as plus besoin, jette-le au feu », je me disais que ces gens-là étaient des gros gaspilleurs.

Depuis, j'ai fait des progrès impressionnants. Freud, Soriano, Lévi-Strauss, Van Gennep, mille autres et même dix mille, ont éclairé ma magique lanterne. Ils m'ont enseigné que le moindre des contes est une forêt de symboles et que, dans le fond de ses halliers, on fornique à qui mieux mieux. J'ai pris la peine de vérifier : j'ai consacré deux après-midi à relire les contes de fées avec des lunettes à triple foyer – érotique, scatologique et pornographique. Le résultat fut moyen. Quelques émois, mais très petits.

Il est vrai que je connaissais mal le mode d'emploi des fées : qu'est-ce qu'on peut faire avec une Belle au bois dormant ? L'épier derrière sa vitre. Attendre son réveil. Et Mélusine ? Et Viviane ? La mécanique érotique de ces personnes m'échappait. Je pataugeais. Si j'entreprenais une fée, je m'égarais dans ses rubans, ses guipures, ses jarretelles et ses corsets. Elle faisait des chichis. Je tâtonnais. Je tombais de sommeil avant de commencer mon ouvrage. Je me rattrapais dans mes nuits. Là, dans les sombres prairies du rêve, je faisais pis que pendre avec des dames qui étaient plus rustiques, moins bien habillées mais bien plus abominables que les fées.

Par-dessus tout, elles avaient un défaut capital : elles n'existaient pas. Elles étaient de la fausse monnaie. C'était le bouquet ! J'avais beau battre la campagne et écarquiller les yeux, je n'apercevais jamais le plus petit elfe, la plus maigre des nymphes. C'eût été la moindre des politesses, cependant, que d'exister un peu. Mais non. Elles s'en fichaient. Quand je m'en suis rendu compte, j'ai rompu. C'est la seule fois où j'ai rompu avec des dames qui n'existent pas. Ce n'est pas désagréable. J'ai cessé de lire les contes de fées. Ces proses étaient par trop contraires à mon hygiène littéraire. Je considérais que la littérature a cette fonction et cette obligation : fabriquer du réel.

Je n'ai pas évolué depuis ces lointaines années. Il suffit qu'un roman bascule dans l'irréel et je perds le fil. Je décroche à toute vitesse. Si je lis un récit, c'est pour claquer des dents, c'est pour m'affoler ou me réjouir, pour tomber au fond d'un mystère, mais allez trouver du mystère dans des personnes qui n'existent pas.

Je chasse les choses cachées, les choses inconnues et si possible inconnaissables. Indescriptibles. Inviolées. Invisibles. Et je sais bien où se cache l'invisible : dans le visible. Jamais dans l'invisible.

Le mystère demande des politesses. Il est susceptible et vite farouche. Ne pas le brusquer. Si on veut l'attirer hors de ses retraites, il faut des gestes d'oiseleur. Ne pas le faire rigoler avec des dragons, des princes charmants, des fées et des charabias. Ne pas lui poser des devinettes oiseuses. Il se vexerait et il filerait. Il faut le mettre en confiance. Faire silence. Des tonnes de silence.

Voilà pourquoi les fées ne me servent à rien. Elles sont trop bavardes et trop simplistes. Si je veux éprouver surprise et terreur, frôler de l'inexplicable, entendre des cris et des chuchotements et partager des craintes et des tremblements, je vais chercher tout ça en des contrées plus compliquées que celles de Ma Mère l'Oye, par exemple dans les rues de mon quartier ou dans la campagne prochaine. Si j'ai besoin d'un néant, pourquoi irais-je farfouiller dans des forêts de Brocéliande alors que le monde regorge de néants de la meilleure fabrique ?

Parfois, j'ai envie de me payer un enchantement, un envoûtement ou un vertige. Ce n'est pas à Mélusine que je présente ma candidature : j'interroge un lézard, une rose, une brume. Je plonge dans les yeux d'une femme, d'un enfant, d'un chat – pourvu qu'il ne soit pas botté. Ou bien je prends un avion de sept lieues et je gagne un pays lointain. Avec un rien de chance, je tombe sur un oiseau-mouche (un *beija-flor*). Ses ailes ont une envergure de six millimètres. Il est lourd comme un grain de blé. Je contemple longtemps, longtemps, ce minuscule, jusqu'à me représenter tout ce qu'il contient : un cœur avec des diastoles et des systoles, des nerfs, un estomac, une cervelle, des capteurs d'odeurs et de couleurs, de l'enfance ou de la vieillesse, des yeux extasiés ou tristes selon les moments du ciel, des plumes, des reflets, de l'ouïe, des désirs sexuels, des éblouissements, des chagrins, des mémoires de fleurs et des peurs de mourir. Cette leçon vaut bien un Graal, sans doute !

Pourquoi voyagez-vous ?

Je voyage pour raconter mes voyages. Quand je suis de l'autre côté de la mer Océane, je ne peux pas aviser un araucaria sans le mettre en mots, sans en faire des noms, des verbes, des virgules, des participes passés, des futurs antérieurs. C'est seulement après l'avoir décrit que j'arrive à apercevoir mon araucaria. Jusque-là, cet araucaria est un absent, un néant. Une photographie, pour devenir visible, doit être développée par des liquides chimiques. Pierre Daninos dit : « Dans tout explorateur sommeille une salle Pleyel. » Et Karl Kraus, plus mystérieusement : « On ne voyage pas pour voyager mais pour avoir voyagé. »

Karl Kraus a raison. On ne marche jamais que dans une bibliothèque et le bout du monde est un incunable. Toute pérégrination est livresque de part en part, avant le départ, pendant le périple et après le retour au pays natal, au moment délicieux du porte-plume.

Si un jeune homme quitte les monotonies de l'Europe, c'est qu'il a lu un roman d'aventures ou bien il aura rêvé sur un planisphère. Rendu aux antipodes, il scrute le pays inviolé dans la lunette d'un ancien explorateur. Plus tard, il s'assied à sa table et il prend un gros cahier. Il rédige ses souvenirs. Il les calligraphie entre les lignes d'un vieux bouquin. Un journal de voyage est un palimpseste.

Avant d'embarquer à Palos, en 1492, Christophe Colomb a étudié la Bible, la *Géographie* de Ptolémée et l'*Imago mundi* de Pierre d'Ailly. Et comme il connaît sur le bout du doigt *Le Devisement du monde* qu'a dicté Marco Polo, de retour de Cambaluc (Pékin), deux siècles plus tôt, il sait très bien ce qu'il va contempler de l'autre côté de la mer : des Chinois, des foules de chrétiens nestoriens et la tribu perdue d'Israël, ce qui justifie la présence à son bord d'un interprète hébreu.

Ainsi, le plus grand des explorateurs est un explorateur de papier. Il se déplace de la bibliothèque d'Alexandrie à celle de Salamanque. De fait, il ne supporte pas que les paysages qu'il découvre désobéissent à la loi des livres. Dans ces cas-là, il s'énerve. À cause de *L'Odyssée,* il est furieux de ne pas trouver de Cyclopes dans l'île de Cuba. Et s'il n'a jamais deviné qu'il avait découvert l'Amérique, c'est qu'il n'avait rien lu sur cette terre-là.

Le XVIIIe siècle prolonge Christophe Colomb, le relit et vérifie ses dires. Quand les matelots des Lumières appareillent pour la future Polynésie, ils savent ce qui les attend là-bas, dans les miroirs de la mer. Les *scriptoria* ont « mangé le morceau » depuis longtemps. Wallis, Bougainville ou Cook savent qu'ils caboteront entre l'Atlantide, l'âge d'or d'Hésiode, les *Histoires* d'Hérodote et le jardin des Délices de la Bible.

Une fois sur place, l'explorateur met ses pas dans les pas de ceux qui l'ont précédé – même et surtout si cette terre est *incognita*. Les livres des Latins et des Grecs ont raconté tant de choses. Ce serait bien le diable si Hésiode, Plutarque ou Xénophon n'avaient pas parlé de l'Orénoque ou de la Micronésie ! Et comme les explorateurs de ce temps sont très cultivés, très forts en thème (missionnaires, marchands, capitaines), il leur suffit de plaquer, sur les paysages qu'ils découvrent, les paysages qu'ils ont prélevés dans les in-folio de Montpellier ou de Bologne, et le tour du monde est joué.

Les journaux de voyage des premiers explorateurs de l'Amazonie ont été écrits vingt siècles plus tôt, par le Grec Plutarque ou par le Carthaginois Hannon. Les hommes sans tête et dont la bouche est au milieu du corps que Walter Raleigh lorgne dans la grande forêt cavalaient déjà dans les livres de Pline l'Ancien. Les Amazones qui déboulent sur le Tocantins avec leur arc et leur sein ont pris le départ au ve siècle avant Jésus-Christ, dans la Scythie d'Hérodote.

Bougainville, quand il atterrit à Tahiti, est bien content car il ne s'était pas trompé. Il a jeté l'ancre dans cet éden que les poètes de jadis avaient décrit. C'est pourquoi les découvreurs baptisent volontiers leurs découvertes du nom d'un pays ancien. La mappemonde grouille de Nouvelles-Hébrides, de Nouvelle-Zélande, de New York, de Nouvelle-Zemble ou de Nouvelle-Grenade. Bougainville nomme Tahiti la Nouvelle-Cythère. Son compagnon Commerson, dont les lectures sont plus austères, préfère lui donner le nom d'Utopia.

Le nouveau n'existe pas. Il n'y a que de l'ancien. L'explorateur ne découvre rien. Il retrouve. Il ne se rend pas dans une *terra incognita*. Il y revient. Il ne va pas quelque part. Il retourne quelque part. Il est banal de dire que tout voyage s'accomplit non pas dans l'espace mais dans le temps. Il convient d'ajouter à ce truisme cette précision renversante : par un comble de malice, le voyage nous conduit non pas dans un temps à venir mais dans un temps révolu. Nous avançons à reculons : le voyage est une interminable, une infinie régression. Il ne traverse que le passé, le révolu et l'échu. Le voyage de découverte ne découvre rien. Il confirme. Il n'est point de nouveaux soleils.

Dernière étape : le récit que fait le découvreur à son retour. Ce récit referme la boucle. Partant d'un livre et ayant arpenté un livre, le voyageur complète son périple en écrivant un nouveau livre ancien. Il ne s'est bougé que dans ce but. Ulysse a erré entre Troie et Ithaque uniquement pour fournir à Homère le canevas d'un gros livre. C'est ce qui explique ses atermoiements, ses paresses, son cœur étrange, ses dix années de Calypso, ses quatre semaines de Circé, ses égarements entre Charybde et Scylla, ses stages chez les anthropophages ou chez les mangeurs d'opium, ses simagrées quand il relâche enfin à Ithaque où l'attend Pénélope : comme il a le sens du devoir, il amoncelle les impromptus et les déconvenues dans le seul but de fournir à

Homère suffisamment de matière pour forger douze mille cent neuf vers.

Les Norvégiens débarquent en Islande au IXᵉ siècle, avec quelques vaches qui, tout de suite, font beaucoup de veaux. Quel est le premier soin des colons ? Ils tuent tous les veaux qui paissent dans l'île. Ils en font du vélin sur lequel ils rédigent à toute bringue la monumentale bibliothèque des sagas qui relatent leur découverte, de manière que Régis Boyer, un peu plus tard, puisse les publier.

Sur les navires des explorateurs, le personnage le plus important n'est pas le capitaine ou le bosco. C'est l'écrivain, celui qui a la mission de fourrer le nouveau pays dans un in-quarto. Parfois, les deux fonctions sont remplies par le même homme. Bougainville, Christophe Colomb découvrent et disent qu'ils ont découvert. D'autres fois, c'est l'historien du bateau qui prend possession de la *terra incognita.* Le Brésil n'a pas été inventé par cet imbécile d'amiral Pedro Cabral mais par son *narrador,* Pero Vaz de Caminha, dont la superbe lettre au roi dom Manuel crée le Brésil.

Quelques explorateurs, particulièrement intrépides, sont tellement impatients qu'ils font relation de leur trouvaille avant de la trouver. Le Portugais Pedro Fernandes de Queirós, qui n'est pas la moitié d'un marin puisqu'il touche les Marquises et les Salomon au XVIIᵉ siècle, décrit dans ses moindres détails un immense « continent austral ». Ses souvenirs de lecture lui ont permis de le repérer, de l'arpenter et de le décrire. Plus tard, son texte poussera Cook et bien d'autres à chercher, puis à découvrir ce « continent austral » – un peu comme si, en l'année 3000, un écrivain voyageur, après avoir fait son petit tour à Saint-Malo, débarquait dans la contrée qu'Henri Michaux peint dans le *Voyage en Grande Garabagne.*

Nicolas Bouvier, qui fut le plus grand des écrivains voyageurs de son temps, constate que tous les écrivains qui se mêlent de voyager sont des érudits. Rien d'étonnant. Il ne peut en aller autrement. Comment prétendre découvrir un nouveau pays si on n'a pas lu tous les livres, dès lors que les pays à découvrir reposent tous dans les bibliothèques ? C'est ce qui explique aussi que les écrivains voyageurs, avant de larguer les voiles, se munissent non seulement d'une jumelle et d'une boussole, mais aussi de beaucoup de livres. Les plus avisés complètent leur bagage avec de la patience. Ils en auront besoin. Ils ne connaîtront la montagne qu'ils sont en train de gravir ou le désert qui les pousse à l'extase qu'après avoir lu la description qu'ils en auront faite, une fois regagné leur pays natal.

Les écrivains naufragés

Depuis quelques années, nous disposons, grâce au festival de Saint-Malo, d'une nouvelle espèce littéraire, celle des « écrivains voyageurs ». C'est une peuplade en plein boom car elle est favorisée à la fois par l'esprit du temps et par la mise au point d'aéroplanes excellents.

Aujourd'hui, les écrivains voyageurs pullulent. On ne sait plus où les mettre. Dans cette foule, il faut trier, organiser des groupes, des familles. Par exemple, une nouvelle bande, celle des écrivains naufragés, est en cours de formation. Elle compte beaucoup d'appelés et peu d'élus car ce n'est pas le tout de naufrager. Ensuite, il faut nager jusqu'à une île déserte, y pâtir et attirer l'attention d'un navire en maraude. Une fois de retour au pays, le rescapé prend sa plume et son encrier, à moins qu'il n'ait la chance, comme le matelot Alexander Selkirk au retour de son île de Juan Fernandez, de tomber sur un publiciste de génie qui s'appelle Daniel Defoe et qui avait envie de créer un des rares mythes modernes de l'Occident, celui de Robinson.

Cette bibliothèque du désastre se meuble lentement. Les siècles les plus propices furent le XVIe et le XVIIe siècle, quand les marines européennes se mirent à sillonner les océans de la planète. C'est le Portugal, d'abord, qui fournit les gros bataillons. Un peu plus tard, au XVIIe siècle, naît la Compagnie hollandaise des Indes orientales (la VOC), basée à Amsterdam. Ses bateaux coulent moins souvent que ceux du Portugal. Mais, quand un bateau hollandais va par le fond en Extrême-Orient, il ne fait pas les choses à demi. C'est le cas des naufragés du *Terschelling*, perdus sur les côtes du Bengale. Le compte rendu de leur calvaire fut rédigé par l'un des rares survivants, Frans Janssen van der Heiden.

Le *Terschelling*, chargé d'argent, de poteries et d'étains, quitte Batavia en 1661. Il se rend à Hugli, grande place commerciale et siège de la Compagnie hollandaise des Indes orientales au Bengale. Il n'y atteindra jamais. Une tempête l'a drossé sur des rochers, obligeant une quarantaine de survivants à emménager dans une île un peu déserte.

La descente aux Enfers commence tout de suite. L'île étant dépourvue de toute ressource, les rescapés vont manger, à mesure des jours, des nourritures de plus en plus immondes. Ils avalent des herbes mais ça ne tient guère à l'estomac. Ils repèrent sur la plage une tortue décapitée et un buffle mort mais ils ne peuvent même pas approcher ces charognes, si violente est l'odeur de la pourriture. Un jour, ils tuent deux iguanes et quelques reptiles. Ils se font une ventrée de serpents. Le lendemain, la faim revient.

Des idées bizarres tournent dans les têtes. Les marins se souviennent qu'au moment du naufrage, le pasteur du *Terschelling* était devenu fou et qu'il avait filé dans la forêt en poussant des cris. Sans doute est-il mort car personne ne l'a plus jamais aperçu. Les affamés se disent qu'un pasteur rôti, cela n'est peut-être pas aussi mauvais qu'on le dit. Ils cherchent le corps. Ils découvrent un de ses souliers mais pas sa dépouille. Ils sont découragés.

Dans cette extrémité, il faut bien en revenir au buffle dont on avait repéré, quelques jours plus tôt, la charogne pleine de vermine, mais l'odeur est de plus en plus fétide et on bat en retraite. On se contente d'un cadavre de serpent qui, une fois débarrassé de ses vers, et longuement grillé, connaît un grand succès.

Le temps passe : le buffle se décompose de plus en plus. Les marins délirent. Un audacieux rampe en douce jusqu'à la dépouille, en découpe un gros morceau, le fait cuire, le déclare succulent. Tous ses camarades se précipitent et se gorgent de pourriture.

Un peu plus tard, on avise une tombe dans laquelle repose un cadavre. On se consulte mais on estime que ce cadavre est un peu avancé. Une femme se promène dans le coin. Conseil de guerre. On va la manger mais elle est si maigre, disent les marins les moins cruels, pas de quoi boucher une dent creuse. On lui fait grâce.

Un des marins aperçoit un Indien et l'assomme d'un coup de gourdin. Celui-là fera l'affaire car il est gras comme tout. Malheureusement, quand on revient avec les copains pour le faire cuire, il n'y a plus d'Indien. « Le fourbe s'était sauvé », dit le journal de bord.

Heureusement, les marins ont une foi très profonde. À tout instant, ils invoquent Dieu. Ils font des prières. Ils ne sont pas rancuniers du tout. Quand ils ont le bonheur de trouver un os à sucer ou une charogne à grignoter, ils s'extasient sur la grande bonté de l'Éternel.

Le vingt-sixième jour, un des marins bouffe des limaçons et tombe en défaillance. On croit qu'il va mourir mais un de ses amis connaît le contrepoison : les étrons de l'homme. La solidarité joue à plein. Toute la compagnie se met au boulot mais on a si peu mangé, depuis quatre semaines, que les intestins sont vides. On insiste. Rien. On a beau faire, on ne fait pas.

Cette dernière épreuve galvanise l'énergie des survivants. Ils construisent un radeau. Ils le dotent d'une ancre bricolée avec des pièces d'argent enveloppée dans des chiffons. Ils gagnent le continent. Ils abordent à hauteur du delta du Gange et du Brahmapoutre. Ils sont enrôlés de force dans les troupes du nabab kankhana Mir Jumla, un des généraux de la superbe armée du Grand Mogol. Ils participent avec une foule de soldats, de prostituées, d'éléphants et de chameaux à la guerre contre le raja révolté d'Assam. La nourriture est bonne. Ils se remplument.

Les mers froides ont aussi englouti pas mal de navires. En avril 1431, la nef *Querino*, armée par le capitaine vénitien Pietro Querini, met à la voile à Candie, en Crète. Querini a le projet de vendre du vin et des produits alimentaires dans les Flandres. Mais le pilote se trompe de vents et le bateau divague au nord de l'Islande. L'équipage abandonne le navire en perdition, s'empile dans deux embarcations et se réfugie dans une île des Lofoten. Sur les soixante-huit rescapés, onze reverront Venise, dix-huit mois plus tard.

De cette catastrophe, nous possédons deux comptes rendus. Le premier est du capitaine Pietro Querini. L'autre est signé par deux officiers, Cristoforo Fioravante et Nicolò de Michiel.

Le capitaine Querini est un homme calme, généreux et philosophe. Il est résolument pieux. Dès ses premiers mots, nous pressentons que nous allons lire un texte cruel et édifiant.

« La nature humaine, expose Querini, est bien faible et elle s'incline naturellement vers des pensées et des actes répréhensibles. » Pourtant, Querini ne s'affole pas. Il sait qu'il peut compter sur l'Éternel qui « va porter secours à son indigne personne ». C'est du reste pourquoi le bon capitaine fait relation de ses aventures : « Il nous faut raconter les miracles que Dieu fait face à l'adversité. »

À peine le bateau a-t-il quitté le port de Candie que les malheurs s'accumulent. Le timon se déboîte mais Dieu est en alerte. « Dieu le très clément nous vient tout de suite en aide. » Une petite réparation et le navire peut courir vers l'Atlantique puis vers les Flandres. Un peu plus tard, la tempête se déchaîne et chasse le bateau au-delà d'Ouessant puis vers le nord de la Norvège.

Querini est un écrivain anthropomorphique. Il estime que cette tempête est une « perfide ». Le bateau est une sorte d'être vivant. Il souffre beaucoup : « Les humérus délicats et innocents de la rambarde sont lacérés. »

Heureusement, le capitaine et ses hommes prient sans interruption. Ce navire démâté est une litanie et presque un *Te deum*. Au début, l'équipage s'adresse plutôt aux femmes, sainte Catherine et sainte Marie. Il a scrupule à déranger Dieu pour si peu de chose. Mais la tempête s'exaspère et les matelots alertent le Créateur en personne. Ils s'engagent à faire beaucoup de pèlerinages, à condition bien sûr de ne pas être noyés. On soupçonne une sorte de marchandage avec le Tout-Puissant, un *deal*. En attendant, les hommes pleurent. « Les larmes baignaient notre visage pâlissant. »

On comprend ces larmes. C'est sur les eaux de la fin du monde que le bateau dérive. Le froid est atroce. La nourriture est rare et il n'y a plus d'eau. Au surplus, dans ces hautes latitudes, et en cette saison, les nuits sont interminables. Elles durent vingt-deux heures. « La nuit, on prie, on loue la Vierge, notre impératrice mère, ainsi que son Fils, notre omnipotent rédempteur. Ne sachant plus que faire, nous recommandons notre âme à Dieu. »

Ce capitaine est une bonne pâte. Il n'est pas rancunier. Même quand ses marins meurent par grappes, il ne se plaint pas. Le bon Dieu sait ce qu'il fait. S'il pousse le navire à l'abîme, il doit bien avoir une petite idée dans la tête. Pietro Querini ne lui adresse pas la moindre remontrance. Au contraire, il le loue. Il l'admire. Il se perd en remerciements. Sa thèse est que ça aurait pu être pire.

Les prières finissent par porter leurs fruits. Quand le vaisseau se disloque, les matelots s'embrassent longuement sur la bouche, sautent dans deux petites embarcations. Les voilà à portée d'une île. Cette île est entourée de récifs très rébarbatifs. Impossible d'y aborder mais Dieu veille au grain : « Notre Guide et Notre Sauveur nous conduisit directement sur l'unique petite plage de l'île. »

Les épreuves ne sont pas terminées car l'île est déserte. Rien à manger et rien à boire. Les matelots « meurent comme des petits oiseaux tués par le gel dans leur cage ». Dieu fait un geste. Une baleine échoue sur la plage. Miracle ! Le festin de la baleine dure dix jours. Ensuite, certains matelots essaient de manger leurs camarades mais ils sont très faibles et ils n'y arrivent pas. Zut !

La soif est un supplice. On se garde de boire de l'eau de mer car, dans les chaloupes, les hommes qui avaient voulu se désaltérer par ce moyen sont tous morts. On se résigne à boire de l'urine. Chacun boit la sienne. Mais il y a des soiffards qui ont encore la pépie après qu'ils ont avalé toute leur réserve d'urine. Alors, d'étranges négociations se nouent. Les plus assoiffés supplient un de leurs compagnons de leur céder son urine contre quelques piécettes ou d'autres babioles. Mais, dans ces extrémités, il advient que l'égoïsme l'emporte sur l'amour du prochain. Personne ne se prête à ce petit commerce. Chacun son urine, telle est la loi du naufragé.

Cristoforo et Nicolò complètent le récit du capitaine Querini. Ils nous livrent une recette ingénieuse, pour le cas où l'on est acculé à boire de l'urine, que ce soit la sienne ou celle d'un copain : ajoutez-y du gingembre vert, du citron et des épices.

Quand j'étais un écrivain voyageur

Un jour, ils m'ont mis dans les écrivains voyageurs. Je n'avais pas vu venir le coup mais j'ai conservé mon sang-froid. J'ai réagi. J'ai cherché mes voyages. J'en ai trouvé plusieurs. Il y en avait un gros, au Brésil. Longtemps, j'avais bourlingué entre São Paulo et Belém do Pará. De ce voyage, j'ai fait l'épine dorsale de mon curriculum de voyageur.

Ensuite, j'ai récupéré quelques voltes en Afrique noire. Elles étaient brèves et comme en songe. J'ai dû puiser dans mon enfance. J'avais habité à Oran jusqu'à l'âge de quatorze ans. C'était une sorte de voyage.

Sur l'Europe, j'étais faible. Je n'avais presque rien, mais les personnes exotiques sont ainsi. Elles fréquentent le lointain, non le proche. J'ai tout de même exhumé quelques vieux voyages en « micheline » entre Marseille, Nice et Digne. J'ai également retrouvé une virée en Suisse : ma famille avait passé en 1937 un après-midi à Genève. Le *Graf Zeppelin* d'Hitler avait eu la même idée que nous. Nous

nous sommes croisés. Il survolait le lac Léman. Il était placide, resplendissant et historique.

Mon bagage était petit. Mon premier mouvement fut de rendre mon tablier de voyageur. Mais la chose eût été désobligeante. Comment avouer à des gens qui me voulaient du bien que, nomade, si je le suis, c'est comme une huître sur son rocher ? Alors, je n'ai rien dit. Je me suis tenu coi.

Pendant ce temps, le temps passait. Ensuite il fut trop tard. Ces choses-là sont comme les maladies : ou bien vous ratatinez tout de suite le microbe, ou bien vous êtes cuit. J'étais cuit. Au surplus, je suis influençable : puisque tout le monde trouvait que j'étais un écrivain voyageur, j'ai consenti que je l'étais.

Je ne regrette rien. Une fois accueilli dans la compagnie, j'ai fait amitié avec des tas de voyageurs, Nicolas Bouvier, Jacques Meunier, Michel le Bris, Alain Dugrand, Joseph Conrad… Leur commerce m'a enrichi. Ces gens-là prennent tout le temps le bateau ou l'avion. Ils ont des sacs d'anecdotes. Ils parlent bien. Il suffit de les secouer et dix histoires tombent de leurs têtes. Je me gavais. Pour moi, j'avais beau me secouer, je n'avais rien à raconter, faute d'expérience. Quand j'avais dit deux mots sur les piranhas du fleuve Amazone, j'étais à la fin de moi-même. En plus, je rasais les gens – des piranhas, toujours des piranhas…

J'ai alors opté pour le laconisme. La rareté de ma parole fonctionna comme un label. Elle authentifiait la vastitude de mes pérégrinations et mon audace car les vrais aventuriers sont comme ça : taciturnes, pudiques et énigmatiques. Leur modestie les voue à la prétérition et à l'allusion.

Ils aiment mieux l'action que le discours. J'étais comme eux. Mes balbutiements, mes embarras, mes effarouchements, tout trahissait l'aventurier que je découvrais que j'étais. On guettait mes silences. On me rangeait dans la catégorie des hommes d'action. On acceptait que je fusse plus dégourdi pour descendre les rapides de la rivière Xingu que pour en faire relation. Mes mutismes étaient des gouffres : chacun d'eux contenait trois océans, dix continents, trois moussons et deux chasses au léopard.

Je me composais des yeux rêveurs, une figure blasée et un front soucieux duquel chaque ride commémorait un de mes périples, entre les îles-sous-le-vent, les îles-dans-le-vent et les îles-hors-du-vent. Je devins exotique de pied en cap. Si je revenais parfois vers l'Europe et ses « anciens parapets », ma vraie vie était ailleurs – aux îles Aléoutiennes.

Mon enrôlement chez les écrivains voyageurs avait un autre mérite. Il m'a fait accomplir des progrès dans les sciences géographiques. Comme je n'y connaissais rien, je buvais les paroles de mes compagnons exotiques. Le moindre de leurs itinéraires, leurs routes et leurs isthmes, leurs détroits, les thalwegs dont ils me faisaient cadeau, je n'en perdais pas une miette. Chacun de leurs récits déposait ses empreintes dans la tendre argile de ma nullité géographique.

Je parlais de mes exodes et de mes anabases avec un peu de lassitude, comme je pensais que font les bourlingueurs. Le vrai voyageur, celui qui réside entre l'Alaska et la Birmanie, est chiche de ses étonnements. Rien ne le surprend. Il vous parle des tigres qu'il a rencontrés au Bengale comme s'il s'agissait de chats. Je procédais au contraire : d'un chat j'extrayais un lion. Dans le satin des ciels de l'Île-de-France, je prélevais des aurores himalayennes.

Je travaillais le langage. Ce n'est pas moi qui aurais parlé de cartes marines ou d'atlas. Je n'utilisais que des portulans, des insulaires, des planisphères ou des mappemondes. Je disais que j'étais « sur zone ». Je ne « jetais » pas l'ancre. Je « mouillais ». Au besoin « j'ancrais », comme Conrad conseille de le dire dans *Le Miroir de la mer*. Pendant un temps, et comme les récits de voyage desquels je m'inspirais étaient souvent écrits par des Anglais, j'ai envisagé de parler de miles, de pieds et de pouces. Mais ces mesures britanniques m'embrouillaient. Déjà que je confondais mes longitudes et mes méridiens, que serait-il advenu si j'avais dû convertir mes hectomètres en yards ?

Ma carrière de pérégrin avançait cahin-caha. Il n'y manquait plus que les voyages. Aussi, quand ma formation fut achevée, je me suis employé à bouger. Mon cursus se déroulait à l'envers : au lieu d'être un écrivain voyageur parce que j'avais voyagé, je voyageais parce que j'étais un écrivain voyageur, c'était presque la même chose.

Un journal m'a demandé de couvrir le déplacement du pape Paul VI à New York. J'ai pris l'avion. Là-bas, on a déposé les journalistes dans un grand stade de base-ball au fond duquel on apercevait un pape et des cardinaux. C'était pas mal. Ensuite, il y a eu une « année de l'Inde » et j'ai passé un mois à Barouda, à Bombay et à Goa. En voilà une, l'Inde, que j'ai pressée comme un citron ! J'en ai parlé à tout le monde. J'ai vérifié ce que savent tous les voyageurs : c'est pas le tout de voyager. C'est au retour que commence le boulot : quand on raconte le voyage.

Chemin faisant, je prenais goût au métier. Un soir d'hiver, et comme je m'ennuyais, j'ai acheté un billet d'avion pour l'Islande. Ça s'est très bien passé. L'aéroport de Reykjavik était fermé pour cause de congères. On avait barré toutes les routes. J'ai dû rester dans mon hôtel. Quinze jours au mitard. J'ai pesté mais je me suis incliné car les grands voyageurs sont dans la main du hasard et de la nécessité. Ils font face. Ils sont téméraires et fatidiques.

De l'Islande, je ne voyais pas grand-chose et même rien. J'en souffrais, mais ce n'était pas ma faute et je m'accommodais. Mon voyage était idéal. Je ne connaissais pas un mot d'islandais, mais quelle importance ? Je ne parlais à personne. Je voyais de la neige et de la nuit. Je lisais Dickens dans une chambre d'hôtel. Le silence était infini. Le vide aussi. Je n'étais pas au monde.

Dans ma chambre de Reykjavik, et plus solitaire qu'un diamant, j'ai réfléchi à ma condition. J'étais sur le bon chemin : mon énergie, ma constance et ma passivité avaient fini par vaincre. J'étais un écrivain voyageur. Pour tuer le temps, dans les après-midi mortes de Reykjavik, j'ai fait un apophtegme, un peu inspiré de Simone de Beauvoir : on ne naît pas écrivain voyageur, on le devient.

Des îles pour utopies

Les îles, à peine étais-je né, j'en ai trouvé une. Elle vaquait à quelques encablures de la plage de Trouville, à Oran, sur laquelle mon père nous déposait par le moyen d'une Peugeot, chaque dimanche, avant la guerre de 1939-1945. Ce n'était pas la plus belle île du monde. Elle était infime. Elle abritait quelques arbustes. Même pas des palmiers. Des chênes verts. Si l'on regardait vers le large, on se croyait au milieu de l'océan, à portée de la mer des Sargasses. Je pêchais des poissons maigres qu'on appelait des marbres.

Je n'étais pas seul. Nous étions cinq ou six camarades. José Bernalacroz, qui était plus âgé que nous, estima qu'il était Robinson et que tous les autres étaient des Vendredis. Cela nous a déçus. Nous avons fait une mutinerie. José a cédé. Il a admis que nous étions tous des Robinsons car certains Robinsons naufragent en groupe. Je me suis façonné un chapeau de paille. Je me suis dit que les îles sont le bonheur des naufragés. Et qu'un homme est toujours une sorte de naufragé.

C'est pourquoi je n'ai pas été surpris quand j'ai appris, bien plus tard, que Bougainville avait aperçu l'âge d'or dans les îles de la Polynésie, à Tahiti. N'avais-je pas moi-même fréquenté le Paradis des îles bien avant de lire le *Voyage autour du monde* ? Je connaissais tout ça : la rondeur de l'horizon, les bercements de la mer, la pêche, l'extinction des parents et des maîtres, la déroute de tous les « surmoi », l'innocence, la fin des guerres, des banques et des devoirs de mathématiques. J'étais conscient que la mer est une substance purificatrice et qu'elle nous sauve de l'histoire et de ses manigances. Elle nous garde de ces sociétés dont Rousseau a bien vu qu'elles sont perverses et qu'elles nous font mauvais, nous qui sommes si bons.

Pourtant, mon âge d'or oranais avait deux défauts. Tout d'abord, il était à durée déterminée puisque nous revenions chaque lundi matin dans la civilisation, spécialement dans le lycée, alors qu'un bon paradis ne doit avoir ni commencement ni fin et ni lycée, mais cela, c'est la faute à Jésus-Christ dont l'Incarnation a étourdiment démoli le temps circulaire des premières cosmogonies pour lui substituer un temps linéaire avec fin du monde, étoile Absinthe, sauterelles et jugement dernier. Deuxièmement, mon île d'Oran ne recelait pas ces femmes nues, odorantes et très sensuelles qui avaient beaucoup plu aux marins de Samuel Wallis, de Cook et de Forster. Mais j'étais très jeune à Oran et les femmes nues, je me les confectionnais moi-même, avec des bouts de songe, si bien qu'elles ressemblaient bien plus aux filles de Gauguin qu'aux dames si vite mécontentes que nous tâchions d'intéresser, rue d'Arzew ou boulevard Séguin, en revenant du lycée, dans les crépuscules d'hiver.

Je suis demeuré fidèle à Bougainville et à Oran. Je ne doute pas que les ultimes reflets du jardin d'Éden illuminent les îles (étant admis qu'il y a aussi des « îles de terre ferme » comme Don Quichotte nous en a prévenus). Je ne me suis jamais lassé de ces terres égarées dans la mer, dans les lacs ou dans les fleuves, celles du nord ou celles du midi, l'île d'Aran ou l'Islande, les Féroé ou Malte, l'île du Linceul ou celle de Marajó, les îles Sous-le-Vent et, par-dessus tout, les îles dessinées sur les cartes. Toutes, elles me rouvrent les portes du banquet ancien. Elles me renvoient un peu des lumières qui tournaient sur mon enfance. Certaines nuits, il me semble que tout le reste de ma vie était recroquevillé dans la petite île de Trouville, à Oran et que je me suis contenté, au long de mon âge, de déplier les bonheurs fous dont j'avais fait provision pendant que je pêchais mes petits poissons, sous le chapeau de paille de Robinson.

J'ai une préférence pour les îles petites et même minuscules, pourvu qu'elles soient très lointaines, mal visibles, et à fleur d'océan. On dirait une clarté sous la mer. Elles sont le reflet d'une chose qui n'existe pas. Le soir, elles s'en vont. Il arrive qu'elles se cachent dans le soleil ou dans un pli du ciel. J'aime leur modestie. Elles ne font pas leur mijaurée et pourtant elles auraient de quoi se pavaner ! Elles sont au centre de la mer comme Jérusalem est le nombril du monde, comme un point est le centre d'un cercle, mais elles n'en tirent pas des glorioles. Les immensités qui les baignent forment leur empire et cet empire est infini car, autour de l'île, il n'est point d'autres frontières que le frisson qui sépare le ciel et les eaux. Elles règnent sur le vide. Dans leurs parages, toutes les géographies défaillent. Les îles – celles du moins qui sont dignes de leur condition – sont seules au monde et peut-être elles ne sont pas au monde.

Dans le temps où l'Occident prenait la mesure du monde, entre le XVIe et le XVIIIe siècle, la plupart des îles ont été découvertes par les oiseaux. Le marin de hune était alerté par un tourbillon de plumes, par des miaulements et des hurlements. Il en concluait qu'une île gisait dans le coin. Le capitaine notait la position et se promettait de revenir. Parfois, il ne la retrouvait pas. Il ne savait plus où il l'avait mise, vers quel gouffre ou dans quel ouragan elle avait dérivé. Pour que l'île réapparaisse, il fallait attendre qu'un autre marin croise dans le même vide, dans les mêmes absences. Magellan a frôlé les Tuamotu en 1521. Il les nomme « les îles infortunées » et il les oublie. En 1606, un certain Álvaro de Mendaña avise un archipel d'atolls très bas qui sont probablement les terres échappées à Magellan.

À la même époque, un autre marin, Fernando de Queirós, jette l'ancre dans un lieu qu'il baptise Sagittaria. Personne ne reverra jamais ce lieu, à moins que Sagittaria ne soit Tahiti, qui a dû attendre plus d'un siècle avant de faire son entrée dans la géographie, grâce à Samuel Wallis, en 1767.

J'aime ce jeu de cache-cache, ce papillotement de

soleil et de brumes, qui donne aux îles des allures de mirage. Avec leurs dérobades, leurs nonchalances, leurs fuites et leurs retours, leurs malices, les îles ont des façons de *Hollandais volant*. Un atoll de Polynésie est un fantôme de plein soleil.

Avec les années, j'ai dû consentir que les îles ne sont pas seulement des paradis. Elles y abritent aussi des enfers. Je m'y résigne. Le Paradis, à la longue, c'est long. C'est pourquoi le Créateur a fabriqué des îles pour tous les goûts. Les unes sont des bonheurs et d'autres des pénitences. Nous cabotons entre les unes et les autres. Les unes flottent sur les eaux étincelantes de la Genèse et d'autres abritent des prisons, des bagnes ou des mouroirs. Parfois la même île est une fête et une catastrophe. Des récifs semblables permettent aux naufrageurs d'enflammer des bateaux ou bien aux gardiens de phare de sauver les navires en perdition.

Les millénaristes, ces hommes exaltés, dévoués et avides de félicité universelle, consomment beaucoup d'îles. Dès qu'ils en aperçoivent une, ils lui mettent la main dessus. Ils la maquillent en jardin des merveilles. Généralement, le maquillage ne tient pas. Partis pour faire descendre Noël sur la terre, ils nous ramènent des cauchemars.

En 1550, l'Europe est une infamie. On se déchiquette. Les protestants tuent les catholiques et les catholiques tuent les protestants. Nicolas de Villegagnon, qui est un très bon homme, se propose d'emmener quelques « justes », des catholiques comme lui et des protestants comme son ami Coligny (celui qui sera tué à la Saint-Barthélemy), vers des rivages pacifiés. Il créera une colonie sur ces terres d'Amérique qui sont indemnes de tout péché car l'Histoire vient à peine de les envahir. Là-bas, dans des territoires sans ruines et sans mémoire, il inventera une société digne du Christ. Coligny lui communique sa « feuille de route » : « Vous créerez un refuge où les Réformés pourront librement exercer leur culte, en compagnie des catholiques. »

Une petite armada œcuménique met à la voile pour Rio de Janeiro en 1555. Le lieu est bien choisi : la région est inhabitée si ce n'est par des Indiens qui sont gens du début du monde. Par précaution, la colonie s'élèvera non pas sur le continent mais dans une île, au centre de la baie de Guanabara. Ainsi les pèlerins de Villegagnon sont-ils deux fois préservés des puanteurs de la civilisation : d'abord par le vaste océan Atlantique, ensuite par l'isolement de l'île.

Tout est en place pour l'Éden. Le bon Dieu peut frapper les trois coups. Le paysage de Rio est sublime. Les poissons abondent. Les arbres sont pleins de fruits. Le Paradis va rouvrir ses portes. Loin des brouillards et des froidures, loin des sociétés meurtrières de la Renaissance, Villegagnon offre à la Création une deuxième chance. Il reprend tout de zéro. Il va congédier l'Histoire qui a pris de sales habitudes. À la place, il inaugurera une nouvelle Histoire à laquelle on inculquera, tant qu'elle est toute petite, de bonnes manières. L'île aux Français, dans les eaux pures de Rio de Janeiro, abolira la méchanceté des pontifes, des prêtres, des rois et des hommes. Elle réparera l'Histoire.

Et elle ne répare rien du tout car le Paradis fait long feu. Les Justes de Rio se divisent en deux camps et se flanquent des ramponneaux. Le beau rocher de Guanabara, au lieu d'inaugurer une nouvelle ère, recopie l'ancien désastre. Les colons organisent à toute allure une de ces guerres de religion dont l'Europe s'empoisse depuis quarante ans. Les troupes de Villegagnon font une répétition générale du massacre qui endeuillera la chrétienté vingt ans plus tard, à la Saint-Barthélemy. L'île aux Français n'est qu'une miniature de l'horreur européenne, un bonzaï.

Le caractère de Villegagnon s'aigrit. Il change de religion. Il se rallie aux catholiques. Un jour, il fait saisir cinq déviants, les entasse dans un bateau sabordé et les lâche sur l'océan. Les malheureux regagnent l'île à la nage. Villegagnon ordonne que trois d'entre eux, plus hérétiques que les autres, soient noyés. En même temps, la théologie que l'on avait bannie relève le nez. On dispute sur la Trinité ou sur la Présence Réelle. Quand on achoppe sur un point de doctrine, Villegagnon expédie en Europe un de ses adjoints qui interroge Calvin ou le Saint-Siège. En attendant la réponse, les rescapés de l'âge d'or se chamaillent.

L'échec est sans appel. Au lieu de mettre en marche une nouvelle Histoire, on se contente de reprojeter le premier film-catastrophe, mais en accéléré. Le passage du Bien au Mal, dans l'île aux Français, est fulgurant. C'est là une propriété des îles. Dans la solitude, l'exiguïté et l'enfermement, le Mal devient fou. Comme il s'active dans un espace étroit et borné par le vide, il s'exalte. Il brûle les étapes. Incapable de s'évader, puisque l'île n'a point de voisinage, il tourne en rond et il fait pis que pendre. La tragédie y gagne en pureté. La haine, quand elle se développe dans l'atmosphère raréfiée des îles, forme de beaux cristaux resplendissants, noirs et imputrescibles.

L'aventure qu'ont vécue, dans le réel, Villegagnon et ses gens, d'autres hommes de bonne volonté, les utopistes, l'ont vécue dans leur imagination : ce sont des philosophes qui, une fois constaté que les sociétés sont perverses, se sont employés à mettre au point d'autres modèles. Et ce n'est pas un hasard si la plupart des grands utopistes implantent leurs « sociétés de cristal », non pas sur les continents qui sont déjà empestés, mais sur des îles, de manière que les mauvaises façons de l'Histoire les épargnent. Les utopistes partagent les obsessions de Villegagnon : seule une île a quelque chance d'éradiquer les maléfices de la civilisation – les guerres, les jalousies, les mépris, les ambitions, les inégalités, les orgueils, les désirs fous, la torture, etc.

Jetons un œil sur ce que les utopistes font de ces îles. Le plus illustre d'entre eux, l'Anglais Thomas More (1478-1535), est le créateur du mot « utopie » (qui veut dire « non-lieu », expression convenable au génie de l'île). Il construit son Utopie dans une île. Mais cette île n'est pas une île naturelle, comme celle de Villegagnon à Rio de Janeiro. Dieu ne l'a pas créée. C'est une île volontaire. Elle a été façonnée par des ingénieurs. Jadis, elle était rattachée au continent par une langue de terre mais Thomas

More fait couper l'isthme qui reliait la presqu'île à la terre. L'île d'Utopie est un artefact.

La société que Thomas More y installe est aussi artificielle que l'île elle-même. Elle rappelle le mécanisme d'une horloge. Pas la moindre fantaisie. Pas d'irrégularité. Pas de crasse et pas de mendiants. Pas d'amours ni de sentiments. L'égalité absolue. La justice intégrale. Pas de passions et pas de vices. Pas d'Histoire. Pas de chagrins. Pas de bactéries. Pas de temps : chaque jour est la veille et le lendemain.

L'île d'Utopie est une caserne, un couvent ou une tyrannie. On mange tous ensemble, à heures fixes et à l'appel d'une trompette. La liberté est une notion interdite. La personnalité des Utopiens est dissoute. Pour être sûrs que l'Utopien ne s'attachera pas à sa maison, les chefs décrètent tous les six mois un déménagement général. Chaque famille quitte son domicile pour prendre possession de la maison voisine, qui est identique à celle qu'elle vient de délaisser. Pire encore : la fécondité des femmes est réglée par l'État. Chaque famille a droit à quatre enfants. Si une femme fait cinq enfants, elle doit rétrocéder un de ceux-ci à une femme qui n'a que trois enfants.

L'île de Thomas More est une fourmilière ou une ruche. Elle réduit les hommes et les femmes à l'état de robots. Les citoyens ne sont qu'une collection de déclics, de ressorts, de boulons ou de vis. Pareille rigueur ne peut s'imaginer que dans un territoire coupé du reste du monde, protégé par la mer des relents du Mal et duquel les citoyens sont captifs à jamais. Aucun microbe du continent (et les hommes moins encore, qui sont des microbes plus gros que les autres) ne doit souiller la « société de cristal ». Ainsi s'explique le choix de l'île. De fait, la plupart des utopistes font la même analyse : leurs cités idéales n'ont pas d'*autre* lieu que ce « non-lieu » qu'est une île. Ils les construisent au milieu de la mer ou des grands fleuves : Morelly, Bacon, Wells, Orwell, Cabet, dix autres. Voici à mes yeux un deuxième travers de l'île : elle forme le cadre le mieux adapté à ces tyrannies prophylactiques qu'on appelle les utopies.

Une autre engeance aime les îles : ce sont les pirates. Comme la littérature utopique, la piraterie est une invention des îles. Dans l'Antiquité, les mauvais garçons sévissent dans les îles de la Cilicie. Au XVIIe et au XVIIIe siècle, ils quittent les ports de l'Europe (Angleterre, Hollande et France), pour tendre leurs traquenards dans le dédale des îles Caraïbes – Martinique, Jamaïque, Bahamas, Madagascar, etc. Là, ils dressent leurs bivouacs dans des provinces que la civilisation n'a pas encore contaminées. Comme les utopistes, mais avec des soucis moins philosophiques, ils campent dans l'âge d'or, au loin de l'Histoire. Ils font rôtir des cochons sauvages. Ils aiment les femmes. Ils surveillent la mer.

Pourtant, l'Histoire leur manque et ils attendent qu'elle passe à portée de leurs havres, sous la forme d'un de ces galions espagnols qui ramènent d'Amérique du Sud des tonnes d'or volées aux Indiens massacrés. Alors, pour un instant, les pirates délaissent leur île, leur petite résidence hors du temps, et ils font irruption dans l'Histoire. Ils tuent les matelots espagnols et chapardent l'or et les pierreries. Ensuite, ils regagnent le Paradis, le « non-lieu » de leur île. Sans doute ont-ils trouvé la bonne formule : un pied dans l'Éden, un pied dans l'Histoire. Et ils font la navette entre les deux postures.

Ils ont mieux compris le génie de l'île que les millénaristes. Alors que Villegagnon ou les utopistes ne veulent voir dans l'île que le lieu inoccupé du Paradis perdu, les pirates, eux, savent que l'île est le paradis et l'enfer ensemble, le bonheur et le malheur tour à tour, la vie et la mort entrelacées. Les îles pirates sont en partie doubles. Il faut les lire sur deux portées : pour une part, elles baignent dans les eaux de la Genèse et elles embaument : pas de travail, pas de pain gagné à la sueur de son front, pas de péché. Et pour une autre part, les pirates naviguent sur les flots du Mal et de la mort.

Le pirate est lucide. L'île est son destin duquel il ne pourra se sauver. Il a voulu s'évader de la société en allant dans les îles mais il s'est embossé dans un cul-de-sac. Le pirate, jamais, ne pourra revenir dans son pays. Il s'en est lui-même banni. Fatidique et inassouvi, conscient de la finitude de la condition humaine, il porte le même regard froid sur la mort des autres et sur sa propre mort. Il a choisi de vivre dans les îles parce qu'il est un enfant et que les enfants aiment les paradis terrestres mais il sait bien que le péché est passé par là et qu'il a infecté même les îles. Le pirate est résigné et insoumis. Il vit dans la lumière de sa propre mort. Un jour prochain, son cadavre se balancera dans la douceur soyeuse des alizés, au bout d'une corde de chanvre. De là-haut, il jettera un dernier regard, sans tristesse ni consolation, sur la beauté des îles.

Il est remarquable que les mêmes îles ensoleillées, qui furent tour à tour l'espoir de Villegagnon, puis le rêve des utopistes, avant de servir de cache aux pirates, demeurent, aujourd'hui encore, en notre siècle de fer, fidèles à cette vocation de « Paradis perdu » : îles des Caraïbes ou des Seychelles, Maldives ou Micronésie, îles du Japon, de la Corée ou de l'Inde, Lesbos ou Santorin, Éoliennes et Lipari, les îles font le délice des tours-opérateurs, des Club Méditerranée et des touristes. Dans les dépliants des agences de voyages, comme dans le discours des gentils membres et dans la tête des touristes, les thèmes confus du Paradis perdu, de l'utopie, du millénarisme ou de la piraterie font leur petite musique. Quand je prends l'avion à Orly ou à Charles-de-Gaulle, je tends à l'hôtesse un billet pour un mois de paradis, d'utopie – au loin du temps.

Innombrables sont les îles. Le Japon n'arrive pas à recenser les siennes – cinquante mille peut-être. Des millions d'îles montent la garde autour des continents. Les unes sont de simples récifs et d'autres forment des pays (l'Angleterre, l'Islande, l'Australie). Certaines sont aimables et scintillantes, tels les atolls de la Polynésie, de l'océan Indien, de la mer de Chine. D'autres sont noires, ruisselantes toujours, et brumeuses, secouées de tempêtes et belles comme est belle la tragédie. Ce sont les plus fascinantes : quel « amateur d'îles » se refuserait à passer une saison dans les écumes et dans la nuit du détroit de Behring ? Il en est pour le repos des guerriers, pour celui des fiancés, des citadins ou des moines, et d'autres abritent des bagnes, des prisons, des monstres, des maladies. Dans *L'Odyssée*, Ulysse est la proie des îles et des femmes qui les habitent, l'île des Phéaciens, Circé, Calypso, Charybde, Scylla. Mais il n'a pas le cœur de s'en évader. Il est ensorcelé : c'est que l'île, même terrible et même méphitique, est un rêve de l'enfance. Et que toutes les îles sont des îles au Trésor.

Jean-Jacques Rousseau, quand il est désespéré à mourir, prend congé des hommes. Où va-t-il se réfugier ? Dans une ville lointaine ? Non ! Il est convaincu que le Mal est consubstantiel à toute société. Il s'exile hors de la géographie et de l'Histoire à la fois. Il s'établit dans une île minuscule, au milieu du lac de Bienne, en Suisse. Il est tout seul ou presque. Il herborise. Il regarde le ciel. Il observe des lapins. Il oublie les méfaits de l'Histoire, les jalousies de ses contemporains, les vilenies des gens de lettres. Il croit au bonheur. Il n'a plus de chagrins. Il écrit son livre le plus paisible, *Les Rêveries du promeneur solitaire.*

Des îles, des alizés et la fuite des nuages…

Les écrivains et les peintres adorent les bouts du monde. Et comme, de tous les bouts du monde, la Polynésie est le plus réussi, dix mille livres et quelques se sont amoncelés, en deux siècles, sur les îles heureuses. Ces œuvres sont parfois belles mais elles ne sont pas sans conséquences. Elles ajoutent leur tohu-bohu aux silences des choses. Elles embuent les couleurs. Quand j'arrive à Papeete, et même si j'en suis à mon premier voyage, je visite ma mémoire. Tahiti est une bibliothèque et un musée ensemble. Les sentiers romantiques de l'île, ses cascades et ses promontoires, je les avais arpentés depuis longtemps dans les gravures de William Hodges et de Charles Giraud. Pierre Loti a traîné avant moi dans les rues de Papeete. Sous les *purau* et les grands *samanea* du boulevard Pomaré, je flâne comme on récite une leçon d'enfance.

Acceptons que Tahiti a été construite par Dieu, comme toute chose en ce monde. Il n'empêche que Bougainville et Paul Gauguin, t'Serstevens et Stevenson, et Victor Segalen, et Jack London, et Herman

Melville, tous ces voyageurs fous, tous ces toqués des très grands larges ont donné un coup de main au Créateur. Ils ont déchiffré à notre place les grimoires compliqués de Dieu. Ce matin, c'est dans la lunette de Victor Segalen que je vois s'élever au-dessus de Papeete l'éperon vert sombre du mont Marau, les mâchicoulis déchiquetés du Diadème et, plus loin, le mont Aorai et l'Orohena, si incompréhensiblement hauts dans une île si petite.

Maintenant, je marche dans la forêt. J'aperçois les grandes feuilles languides des bananiers, amoureuses de toute brise, le rouge des hibiscus et le blanc parfumé des tiarés. Et je vois aussi d'autres fleurs dont je ne connais pas le nom et elles sont dans les ténèbres comme des lanternes, et l'eau suinte sur les roches. C'est dans une estampe que je me balade. Tout à l'heure, je tomberai sur un botaniste du XVIIIe siècle, vêtu de lin blanc, coiffé d'un chapeau de paille et le nez sur une orchidée. Sous chaque paysage rencontré, une peinture se camoufle. La nature en ce coin du monde est superbe mais elle ne se fatigue guère : elle imite les gravures.

Après quelques jours, j'ai changé d'île, je suis allé à Tahaa. C'est une terre aimable et minuscule, peuplée de beaucoup d'arbres et de peu d'habitants. Je l'atteins grâce à un bateau indolent qui tâtonne de crique en crique avant de me lâcher devant un appontement si abandonné ce jour-là qu'il avait sûrement été construit par un Robinson Crusoé polynésien. J'ai vaguement cherché la pirogue que le pauvre diable avait eu tant de mal à façonner dans un tronc d'arbre. Sur le débarcadère de bois, mes pas faisaient un drôle de bruit, comme d'un étranger. Je venais de franchir une barricade mystérieuse. J'avais couvert deux siècles en deux heures. Une lucarne s'était ouverte sur une Polynésie des confins, une Polynésie d'avant les livres. Après un moment, le ciel s'est éteint, une pluie d'or tiède a suivi. J'étais à deux pas du lagon, sous un auvent de palmes. Dans la lumière reposée, un peu sorcière, de cette fin d'octobre, les gouttes clapotaient sur les eaux pâles. À quelques centaines de mètres, la barrière de corail traçait une ligne d'écume. Au-delà, les eaux étaient blêmes, elles allaient vers le ciel et Tahaa était le centre du monde.

Rien de plus ordinaire que les centres du monde. On en trouve partout. On ne sait plus qu'en faire : de Rome à Babylone, et de Moscou à La Mecque, il n'est pas une ville capitale qui ne se soit adjugé ce titre. Pour moi, cependant, les centres du monde que je préfère sont les îles de la Polynésie. J'aime leur modestie et leur loyauté. Elles ne font pas d'esbroufe. Elles ne se haussent pas du col : si elles se sentent au mitan des choses, ce n'est pas dans un sens symbolique, comme Pékin, Jérusalem ou Rome qui se flattent d'être les filles du Ciel, de Moïse ou de Jésus-Christ. Non, les îles du Pacifique sont des centres au sens géométrique du mot. Tahaa est le centre de l'océan, comme un point est le centre d'un cercle. Les immensités bleues qui l'entourent forment son empire. L'empire du vide. Cet empire est infini. Il embrasse le monde entier car, autour de l'île, il n'est point d'autre bornage que la ligne tremblée qui sépare le ciel et les eaux. Toutes les îles sont seules au monde. C'est même pourquoi ces lieux ont été découverts après toutes les autres provinces de la planète, elles étaient si exiguës et l'océan si grand ! Tomber sur ces lambeaux de volcans éteints relevait du miracle. Les découvreurs de la Polynésie ont eu plus de mérite que Colomb : découvrir une Amérique qui encombre la moitié du globe est un jeu d'enfant, mais repérer un point dans l'infini, une vraie gageure !

C'est pourquoi les marins européens ont beaucoup pataugé avant de localiser leurs cibles. Dès le XVIe siècle, des nefs sillonnaient le Pacifique. De temps en temps, les hommes de hune signalaient des oiseaux, on cherchait une île, mais on avait beau écarquiller les yeux, il n'y avait point d'îles, elles se cachaient dans les soleils. Magellan, en 1521, avait croisé les Tuamotu, il les avait baptisées les « îles infortunées », avait mis un pied sur l'atoll de Puka et puis, bon vent ! Presque un siècle plus tard, un Portugais, Álvaro de Mendaña, repère les Marquises, puis un autre Portugais, Fernandes de Queirós, aborde une île qu'il nomme Sagittaria (Tahiti ?). Deux siècles encore et vient le tour des Hollandais, puis des Français et des Anglais. Les trouvailles se multiplient mais elles se font au petit bonheur. Il arrive qu'un navigateur perde l'île qu'il vient d'attraper, il ne sait plus où il l'a mise, dans quel cyclone ou quelles aurores, et il faut attendre qu'un autre marin dérive par là pour en prendre enfin possession.

On comprend l'émerveillement des Européens

quand Tahiti se découvre : voilà des mois qu'ils arpentaient les solitudes. Ils ont louvoyé entre des vents debout et des vents favorables, entre les alizés et les bonaces. Des courants les ont dévoyés, ils devenaient fous et les mers étaient comme des déserts. Et soudain ils tombent sur une île, « cachée depuis le début du monde », et qui les guettait, avec tout son fourniment, ses montagnes de velours, ses rivières et ses plages noires, ses rivages de corail ou d'or, ses cochons sauvages, ses tubercules. Et dans l'eau scintillante du lagon des poissons si beaux qu'ils n'étaient pas au monde. Le capitaine donne l'ordre de jeter l'ancre. Des pirogues butinent autour du gros vaisseau venu d'Europe. Quelques « Indiens » sont agressifs ou vindicatifs, mais une décharge de brave mitraille occidentale leur apprend à vivre et ceux qui restent sont bien gentils. Quant aux femmes, ce ne sont pas des femmes, ce sont des rêves.

Elles sont belles et nues. Et comme le métal est ignoré dans ces écarts, il suffit de leur offrir un clou pour qu'elles fassent l'amour. Un clou ! Les marins délirent. Ils arrachent tous les clous du navire du capitaine Wallis, et ils en concluent qu'ils viennent de mettre la main sur ce paradis dont les curés et les pasteurs d'Europe leur parlaient depuis toujours et qu'ils n'avaient jamais vu. La bonne nouvelle est proclamée par tous les découvreurs : Samuel Wallis, le capitaine du *Dolphin*, en 1767, suivi, quelques mois plus tard, de Louis Antoine de Bougainville, puis le capitaine Cook. Tous ces hommes de mer, les capitaines mais aussi leurs botanistes, leurs cosmographes, leurs astronomes et leurs chroniqueurs se jettent sur leurs écritoires et commencent à rédiger la bibliothèque de Polynésie.

Les premières relations sont emphatiques, on le comprend. Le « bon sauvage » était une aubaine. Il tombait à pic, car les philosophes des Lumières en avaient un besoin urgent, ils l'avaient cherché partout et partout ils avaient fait buisson creux. Or Bougainville annonce à brûle-pourpoint que le « bon sauvage » existe, il l'a rencontré. Et il présente des preuves : le Tahitien est un homme nu, pur et généreux. Du locataire du Paradis terrestre, il a toutes les vertus : il est beau, souriant, innocent, il aime les fleurs et n'est même pas astreint à gagner son pain à la sueur de son front. Le Paradis des antipodes est plus perfectionné que celui de la Bible. À Tahiti, on a le droit d'aimer le corps des femmes sans se faire tout de suite gronder par l'Éternel. De Paris à Londres, et de Diderot en Voltaire, l'Europe tremble de joie : Bougainville a exhumé là-bas, dans les alizés, la « terre sans péché », une terre à peine sortie des mains de l'Être suprême, préservée des souillures et des corruptions du temps. Aujourd'hui, nous savons que Bougainville disait des bêtises. La terre qu'il a dénichée dans le Pacifique n'était pas neuve. Les hommes et les femmes nus dont l'ami de Diderot s'était entiché n'étaient pas des natifs du Paradis terrestre, mais des migrants, venus d'Asie. L'archipel de la Société était un produit du temps.

La nature même n'était pas celle de la Genèse. Quand les marins préhistoriques venus des îles de la Sonde débarquent dans les archipels vierges, à partir du IVe siècle avant notre ère, ils trouvent une végétation triste, faite de deux plantes, le tiaré et le pua. Pour le reste, des fougères. La faune ne valait pas plus cher. C'est le malheur des îles lointaines : les bêtes et les plantes des continents n'y ont point résidence. Ainsi cette flore exubérante qui nous enchante aujourd'hui est-elle une flore immigrée. Les marins d'Asie ont traversé l'océan avec tout leur nécessaire : leurs jardins, leurs étables et leurs forêts. Comment ont-ils pu franchir la mer sans fin en transportant sur leurs grandes pirogues doubles, outre des monceaux de vivres, des animaux, des fleurs, peut-être des insectes, des poux ?… Encore un épisode qui semble prélevé aux Écritures saintes : avec leurs cochons, leurs coqs, leurs rats, leurs chiens, leurs tubercules et leurs noix de coco, leurs ignames, leur maïs et leur taro, leurs bananiers et leurs cannes à sucre chipées au passage en Nouvelle-Guinée, avec la cordyline, qui est une plante sacrée, les pirogues des premiers Polynésiens étaient des « arches de Noé ».

Ces expéditions ne furent pas le fruit du hasard mais les étapes d'une entreprise raisonnée qui s'étendit sur plusieurs siècles. Les marins d'Asie, quand ils choisissent l'exode, savent où ils vont, ce qui suppose que d'autres marins les ont éclairés. Ils ont science des vents, des étoiles, du ciel, une science aussi obscure, aussi infaillible que celle des sternes ou des pluviers qui survolent les îles. Comme les oiseaux migrateurs, les Polynésiens habitent moins une terre que le ciel et la mer. Leur nature est faite d'un peu d'îles et de beaucoup de lunes, d'alizés, de courants marins, de solstices et d'équinoxes, de lignes isobares et d'anticyclones, de fuites de nuages.

Après le débarquement des Européens, le trafic floral, forestier et animal entre les continents et les îles se développe encore, si bien qu'aujourd'hui la fastueuse végétation de l'archipel de la Société est une encyclopédie des jardins du globe.

Dans ce vaste charroi de fleurs, quelques corps de métier se sont distingués : les navigateurs, certes, les botanistes, mais aussi les missionnaires, tels Henry Bicknell ou le révérend William Henry, grands amoureux de fleurs et de plantes. Il faut citer aussi l'Américain Harrison Willard Smith, qui passe à Tahiti en 1903, y pose son sac et acclimate en quinze ans deux cent cinq espèces nouvelles. Il est aujourd'hui l'objet d'un culte. On lui a donné un surnom digne des dieux : le « grand-père des arbres ».

Le goyavier arrive du Brésil en 1815, le vanillier a été prélevé aux Philippines en 1848, tandis que le grenadier et l'abricotier débarquent de Saint-Domingue et qu'en 1875 les premiers pommiers d'acajou sont importés des Caraïbes. Le flamboyant dont les fleurs explosent en décembre est natif de Madagascar. Les fleurs des îles sont également des personnes déplacées. On citera un gardénia de Chine, le frangipanier d'Amérique du Sud, le bec-de-perroquet (*Heliconia psittacorum*) d'Amérique tropicale, l'*Heliconia rostrata* du Pérou, tandis que l'Inde a fourni la queue-de-chat (*Acalypha hispida*), la pluie-d'or (*Cassia fistula*), la petite-pluie-d'or

(*Cassia planisiliqua*)… Même l'hibiscus, cette belle corolle sanglante qui fait sa mijaurée un peu partout et veut se faire passer pour une Tahitienne, est une intruse : c'est une Asiatique. L'*Anthurium andreanum* vient de Colombie, les lauriers-roses sont grecs et la pervenche malgache…

Une autre corporation a joué son rôle dans cette épopée botanique, celle des oiseaux. Sur les bateaux où ils s'étaient juchés, ils transportaient dans leur estomac ou dans leurs plumes des semences, des pollens, des graines venus des quatre coins du monde et qui ont essaimé dans la Polynésie. Si je m'attarde sur les végétations, c'est pour leur beauté, bien sûr, mais j'ai d'autres raisons en tête. La fascination qu'exerce la Polynésie procède, me semble-t-il, des silences de son passé. Mais parfois ces silences sont angoissants. Ces archipels sont des muets. Ils ne disent rien sur leur enfance car les anciens Polynésiens ne connaissaient pas l'écriture. Ils n'ont d'autres archives que le gribouillage des alizés, d'autres généalogies que l'embrouillamini des sillages griffonnés par les grandes pirogues défuntes. Nous retrouvons à ce point l'empire du vide : la Polynésie est bordée du vide de l'océan, mais elle repose aussi sur un autre vide, celui de sa propre mémoire. On s'efforce alors de faire parler les menues empreintes sauvées du naufrage : les plantes et leurs pérégrinations font partie de ces empreintes.

Les autres traces (par exemple, les coutumes, les mythes, les rites ou même le langage) ont été bousculées, voire massacrées par l'irruption, à la fin du XVIIIe siècle, de l'Europe. Les marins anglais et français, même si le « premier contact » s'accomplit généralement en douceur, écrabouillent les subtiles structures de la société polynésienne. L'Europe, fidèle à son génie, procède, avec le concours des administrateurs et des missionnaires, à un génocide culturel. La littérature en atteste : à la première vague de livres du temps des découvreurs, naïfs, romantiques et extasiés, succède une deuxième fournée de textes d'un style contraire : Papeete est décrite comme la capitale de la tristesse, de la monotonie et de la perdition. Une odeur de mort flotte sur les rivages humiliés. Les populations se rabougrissent. Les suicides se multiplient. Une apocalypse embaumée submerge les terres du bonheur.

Ainsi, en un petit siècle, l'Europe a renouvelé le stock de ses images polynésiennes : la terre sans péché, la terre des origines est devenue terre fourbue. Ses soleils illuminent un long crépuscule. Les livres du plus grand des écrivains de Tahiti, Victor Segalen, sont les témoins d'une agonie. Son grand ouvrage, *Les Immémoriaux*, sonne comme un chant funèbre : il salue la mort des derniers seigneurs endeuillés de leur propre passé. Aujourd'hui, les Polynésiens se sont mis en quête de ce passé : dans les montagnes et sur les plages, des pétroglyphes parlent et les antiques lieux sacrés, les *marae*, si longtemps voués aux ronces et aux geckos, sont rappelés de la mort. J'ai visité le marae fraîchement restauré de Raiatea. C'est une petite île coincée dans le même lagon étincelant que sa voisine Tahaa et qui joua un rôle décisif à la fois dans la prise de possession des îles désertes et dans les religions anciennes. Raiatea fonctionna dans le temps des origines comme une sorte d'escale.

Les marins venus de la Sonde s'y implantèrent vers 300 après Jésus-Christ. Mais ils aimaient tant la mer que six siècles plus tard ils auront dessiné le gigantesque triangle de la Polynésie : entre 300 et 600, ils débarquent à Hawaii. Vers 400, ils arrivent à l'île de Pâques, entre 700 et 1100 en Nouvelle-Zélande. Même aujourd'hui, après dix siècles de solitude, les gens de Raiatea comprennent le langage des gens de Hawaii et de Nouvelle-Zélande. J'ai parcouru le marae de Raiatea. C'est une clairière sur la mer, enveloppée d'arbres majestueux. Le temple lui-même, en plein air, est très simple : sur un dallage de basalte, un mur constitué de très hautes plaques de corail borne l'enceinte sacrée, les deux enceintes plutôt, puisque l'une était réservée aux prêtres, les *arioi*, et l'autre aux politiques. Sur ces édifices de corail ou de basalte était célébré le culte du dieu Oro, fils d'Hina et de Taaroa, dieu de la guerre et de la fécondité, qui s'était hissé soudain, vers le XVIIIe siècle, au premier rang du panthéon polynésien, comme si les puissances célestes, avisées de la venue des Européens, avaient pris soin de placer à leur tête un dieu robuste et querelleur. Le moment solennel de la cérémonie était le sacrifice humain : les victimes étaient assommées à coups de gourdin ou de pierre. Le prêtre prélevait un de leurs yeux. Les ossements étaient ensuite conservés dans le marae.

J'ai passé de beaux moments dans le marae de Raiatea. J'ai vu luire dans l'herbe un fragment de coquillage taillé. Il ressemblait à une espèce de grattoir, un des outils sans doute que ce peuple sans forgeron avait utilisés pour la construction ou l'entretien du lieu sacré. La mer étincelait entre les feuilles et les palmes. Elle était solitaire. Elle faisait un bruit d'éternité. Plus tard, le soleil s'est abaissé et les eaux furent comme du bronze. À ce moment-là, il m'a semblé que se décollaient enfin, comme on arrache doucement une décalcomanie sur un cahier d'écolier, les successives images dont la bibliothèque de la Polynésie a enluminé et offusqué en même temps ces rivages. Il restait un mince liseré de sable, et le murmure de la mer, avec ses odeurs d'algues et d'abîme. J'avais refermé tous les livres. Les décors et les contours du monde s'effaçaient, la nuit fardait les forêts, les sables. Le temps saccadé des horloges et des pendules défaillait. J'avais pénétré en catimini dans le temps des soleils, des grandes pirogues et des lunes, dans le temps soyeux des étoiles, des vents…

Impromptu indien

On nous avait alloué quatre semaines pour connaître l'Inde. Ce n'est pas beaucoup. Nous avions postulé pour un ou deux millénaires. À la rigueur, nous nous serions satisfaits d'une dizaine de siècles ou même d'une centaine de moussons. Comment empiler, dans trente journées, sept cent cinquante millions d'habitants, autant de vaches et de corneilles, des hordes de chameaux et de singes, des ribambelles de sourires, des déserts et des Himalayas, des Indiens, des Éthiopiens, des juifs, des chrétiens, des sectateurs de Zarathoustra, des vautours chargés de nettoyer les cadavres, des moyen-âges et de la préhistoire, des ingénieurs électroniciens, des hommes tout nus qui achètent leurs pommes de terre au supermarché de Goa et d'autres hommes décorés comme des arbres de Noël, cinq cent vingt-huit dialectes, du faste et de la faim, des villes comme de la poussière et des villes comme de l'or, comme de la cendre, des odeurs d'encens et de myrobolan, des bandits de grand chemin, des millions de philosophes, de moustiques et de cafards, oui, comment entasser tout ce bric-à-brac en un si bref laps de temps ?

On se consolait en songeant que trois siècles, même, eussent été déjà mesquins, ou bien il eût fallu y ajouter la précaution d'être né Indien, d'en être à sa dix-huitième réincarnation après avoir baguenaudé dans quelques vies précédentes, sous le masque d'un buffle, d'un serpent ou d'un de ces écureuils tigrés qui gigotent comme des fous sur le marbre des temples. Mais, puisque ces conditions n'étaient pas réunies, on a pris son parti, on a décidé de faire les modestes.

On a soulevé silencieusement le rideau de diamants et de haillons de l'autre côté duquel repose l'Inde. On a recensé des profils perdus et des profils à venir. On a recueilli, sur le bout des doigts, un peu de la poudre scintillante ou terne qui farde ses immensités, ses énigmes. On a respiré ses odeurs de mort et de mer, de ciel, de putréfaction, sous des soleils de noces ou de funérailles. On a écouté le craillement de ses corneilles à Bombay et à Goa, le roucoulement de ses pigeons sur les terrasses d'Ahmedabad, quelques images à peine, dérobées à une peinture trop vaste, trop bariolée, trop enchevêtrée pour être un jour visible.

La ville de Paris s'est développée autour de son île. Rio de Janeiro, au bord de l'Atlantique. Londres, le long de la Tamise. Les villes indiennes se sont bâties autour des vaches : « Ah oui, va-t-on dire, les vaches de l'Inde, les vaches sacrées ! Ah, oui, on connaît ! » Or, nous les avons bien regardées, les vaches. Elles ne sont pas sacrées pour un sou. Elles sont malignes : elles font croire aux hommes qu'elles sont sacrées et les hommes, qui ne sont pas malins comme les vaches, se sont laissé embobiner.

Elles jouent la comédie. On les aperçoit dans les villes : elles font mine d'être médusées par l'aventure qui vient de leur arriver à l'instant même, comme si la ville s'était déposée autour d'elles pendant leur somme, en catimini, la nuit précédente, là où s'étendait une prairie odorante, fleurie et peuplée de bêtes gentilles, de bêtes du Paradis terrestre. Elles font celles, les vaches, qui se sont découvertes, à brûle-pourpoint, prisonnières de tout ce béton, de ces tôles ondulées, de ces chiffons, bref, de ce que là-bas on appelle une ville, sans espoir de s'extraire jamais de ce piège, de cet attrape-nigaud, coincées au milieu d'un tas de feux rouges, de ruelles et de venelles, attrapées dans la ville un peu comme un poisson dans un filet, et elles s'escriment quand même à chercher, dans la poussière et les poubelles et le métal, la belle herbe verte qu'elles étaient en train de brouter quand le malheur est advenu, quand la prairie leur a été retirée d'un coup sec, comme on enlève un tapis.

Toute la tactique de la vache consiste à faire comme si la ville était une campagne. Elle n'admet pas la ville. Elle ne reconnaît pas l'existence de la ville. Elle traite la ville en vallée ou en printemps, en fleur. C'est pourquoi elle « pose » tout le temps, ce qui pourrait laisser le sentiment qu'elle est vaniteuse ou hypocrite alors qu'elle se borne à conjurer le malheur, à défendre sa prairie perdue. Elle fait la mijaurée, elle fait celle qui a tout son temps, car elle sait bien qu'à la campagne, au contraire de la ville, on a tout son temps : par exemple, elle se met en tête de traverser une grande rue mais lentement, débonnairement, comme si elle traversait une rivière, ou un continent ; et puis elle change d'idée tout d'un coup, elle décide de faire une halte, de dresser son bivouac au beau milieu de la chaussée, si possible au moment où mille automobiles vocifèrent. Et elle fait semblant de chercher un pissenlit.

Là, au milieu de son macadam, elle décide, d'urgence, de se reposer ou de casser la croûte. Elle prend la posture de la vache qui broute. Elle passe un coup de sa grosse langue grise sur le pavé, elle chope un morceau de journal et le mâchonne, avec des yeux extasiés, pour bien signifier à tout le monde qu'elle se régale en vérité d'une touffe d'herbe savoureuse, toute couverte de rosée. Au besoin, dans les cas extrêmes, elle s'endort dans le tohu-bohu d'un carrefour, de manière que les choses soient bien nettes, que tout le monde sache que cette ville, ces odeurs d'essence, c'est une illusion, et que ces millions de maisons minables vont s'évaporer dans un moment car elles ne sont pas sérieuses, ces bâtisses, elles vont devenir des nuages et du vent, en attendant que revienne la verte campagne, véritable occupant des lieux.

La vache peut ajouter à cela un brin d'insolence. Elle lâche de lourdes fientes, grosses et superbes, des fientes dodues, avec de magnifiques couleurs, de grosses joues, des fientes de Paradis terrestre, lisses et odorantes ; elle les dépose n'importe où, au petit bonheur des vaches, et elle semble, dans ces instants-là, non seulement concentrée, pénétrée de sa mission, consciente de la futilité de ce brouillard qu'on appelle une ville (ou une civilisation) mais même, on doit le reconnaître, un peu prétentieuse.

Il faut comprendre la vache. Elle a des excuses. Elle n'ignore pas, depuis dix mille ans qu'on le lui serine, que sa bouse, à laquelle elle n'accorde pour son compte aucune importance, est un produit de luxe : les pauvres s'en servent pour se chauffer, ou bien pour construire leurs maisons, et ce n'est pas rien de savoir que des paysans résident dans une de vos bouses, mettez-vous à la place de la vache ; et elle n'oublie pas davantage que, de leur côté, les vieillards si beaux, si aristocratiques de l'Inde collectionnent les excréments de la vache pour se maquiller.

La célébrité lui a un peu tourné la tête : il y a si longtemps qu'on lui a expliqué que le moindre produit émanant de son corps est un produit sacré, plus rayonnant que l'or et que l'émeraude. Et puis, chaque matin, le gouverneur du Maharashtra, qui n'est pas un petit personnage, boit un verre d'urine de vache pour se purifier et se mettre en jambes. Oui, on comprend que la vache bombe un peu le torse.

Les Indiens sont impressionnés par le « curriculum vitæ » des vaches. Si une vache pique un roupillon au milieu d'un carrefour, les autos ralentissent pour ne pas abîmer sa méditation. Les agents de ville sifflent et organisent des dérivations. On serait à peine étonné si le code de la route indien comportait un sigle spécial : « Attention, ralentir, vache en train de réfléchir ! » Près des belles grottes de Karla, par une journée torride, nous avons vu des vaches occupées à dormir avec une sorte d'allégresse sous le seul arbre capable de dispenser de l'ombre. Tout alentour, les Indiens, épuisés de chaleur, cuisaient au soleil et flamboyaient de convoitise en lorgnant les vaches, mais les plus téméraires, les plus audacieux n'eussent pas osé les déranger.

Chaque année, les vaches ont un jour de congé. Elles ne travaillent pas. Il est vrai que les autres jours, elles ne s'escriment pas à la tâche ; il n'empêche, elles tiennent beaucoup à ce rite qui renforce encore leur autorité.

Certaines vaches ou plutôt certains taureaux (discrimination sexuelle) sont agrégés de l'Université. Nous en avons vu un à Poona. Son propriétaire avait décelé que sa bête possédait une bosse d'une forme insolite, une anomalie qui, dans le règne des taureaux, signifie que vous avez un très haut savoir. Le propriétaire a signalé la chose en haut lieu et le taureau a été nommé agrégé de l'Université, section philosophie. Depuis, c'est bombance pour cet homme chanceux. Il a acheté à sa bête un beau costume, il l'a peinte, il lui a mis des fleurs et des rubans partout, il se balade dans toute l'Inde et il reçoit profusion d'oboles.

Dans une autre université, nous avions rendez-vous avec le recteur, un homme très savant, spécialiste des vieux textes sanscrits, habitué des colloques de Berkeley ou de Cambridge. Malheureusement, nous n'avons pas pu pénétrer dans le pavillon du recteur car une vache dormait sur le seuil et refusait passionnément de prendre en compte nos existences. Nous nous sommes informés, on nous a expliqué que nous avions bien fait de ne pas insister : cette vache était docteur *honoris causa* de l'Université. Nous avons eu un peu honte : comment ne nous en étions-nous pas aperçus ?

Dans une ville voisine, une chienne a une portée de chiots et voilà qu'elle meurt. Une vache passait par là. Les chiots se traînent jusqu'à ses mamelles, la vache se laisse faire, à vrai dire elle s'en fiche. C'est un événement. Tous les journaux consacrent leurs éditoriaux à la vache qui est décrétée sainte, figure de l'amour et mère de l'Inde.

Oui, les villes sont édifiées autour des vaches. Celles-ci, avec leur peau grise, leurs corps maigres, maigres, et leur air ennuyé à perpétuité, leur air d'attendre que l'éternité se mette en marche, ressemblent à des statues, les seules statues en vérité érigées dans les villes indiennes (si l'on excepte, à Bombay, quelques effigies de commodores anglais), mais comme ces statues de vaches sont vivantes, qu'elles bougent lentement et sans arrêt, la ville ne sait jamais très bien où elle en est, la ville perd le nord et ses rues s'embrouillent, un peu comme si à Paris, la tour Eiffel ou l'Obélisque ou l'Arc de triomphe décidaient de temps à autre de changer de coin. Le résultat, c'est que, faute de monuments fixes, la ville indienne (pas les grandes villes, évidemment, comme Bombay, Calcutta ou New Delhi) manque d'articulations et de rose des vents. Elle forme une grosse chose sans squelette, sans permanence, sans quartiers ni différences, et dans laquelle on ne peut pas du tout se perdre puisqu'on ne peut pas se trouver. Une ville indienne, c'est un million de personnes, dans des maisons de boue, de terre, de chiffons, de nuages, d'excréments, toutes pareilles, ces maisons, le long de rues identiques. Une périphérie à n'en plus finir et jamais de centre. Seules les vaches, par leur présence sommeilleuse, s'efforcent d'introduire un peu d'ordre, quelques repères et des jalons dans ce méli-mélo. Mais comme elles broutent n'importe où, et qu'elles se ressemblent toutes, on ne sait jamais si on entre dans une ville ou si l'on en sort, si l'on arpente sa banlieue ou bien son cœur.

Les alchimistes du Moyen Âge pensaient que Dieu est un cercle dont le centre est partout et la circonférence nulle part. Une ville indienne est juste au contraire de Dieu : un cercle dont le centre n'est nulle part et la circonférence partout.

Bombay est une vraie ville. Elle contient des quartiers, plusieurs belles façades sur la mer, des espaces verts, de la plaine et des collines, une gare grotesque et colossale bâtie en gothique par les Anglais, des gratte-ciel, des ensembles coloniaux faits de ravissantes maisons de bois vert et rose, sûrement pimpantes il y a trois mille ans mais aujourd'hui en loques, des « tours du Silence » où les fidèles de Zarathoustra, les parsis, hissent leurs grands-mères quand elles meurent de manière que les vautours, gras comme des cailles, mangent les grands-mères, un hôtel luxueux comme un Valery Larbaud, une espèce d'Arc de triomphe, bâti par les Anglais aussi, et qui ouvre sur les scintillations de la mer d'Oman, sur les lointains occidentaux.

Quand on arrive de l'Europe, on pénètre dans Bombay par ses cabinets, ses latrines. Entre le minable aéroport et Bombay s'étend une banlieue méphitique. Les mendiants s'agglutinent aux feux rouges. Des enfants pleurent en se frottant le ventre. « *Hungry... hungry...* »

La nuit de Bombay. Sous le ciel luisant, dans les rues torrides, un peuple dort sur les trottoirs : des corps accroupis, recroquevillés, ou plutôt des chiffons, des foulards, des serviettes, des guenilles, des étoffes tissées de poussière blanche, au milieu desquels émergent des jambes sèches, noires, des ossements, des bouts de tête, de beaux cheveux bleuâtres, des épaules nues, des morceaux de ventre gris, comme les pièces d'un puzzle avec lesquelles on pourrait peut-être recomposer quelques corps complets. Un tremblement de terre a éventré un cimetière et dispersé tous ces bouts de corps, avec leurs linceuls. Est-ce qu'ils dorment, tous ces lambeaux ? Ils somnolent, ils méditent. On devine ici et là un œil ouvert, un sourire furtif, des dents qui grignotent une nourriture de fantôme et l'on entend des chants, des chants très grêles, pas seulement timides ou exténués, des agonies de chants, des mélopées presque mortes, la fin du chant.

On n'est pas dans une ville. On est dans l'envers d'une ville. Toutes les choses qu'une cité digne de ce nom enferme et dissimule derrière les murs et les cloisons sont étalées ici, comme si les cloisons étaient transparentes ou, mieux encore, comme si la ville avait été retournée à la manière d'une peau de lapin. On croit qu'on découvre l'intérieur d'un crâne, le dedans d'un ventre. L'Inde est obscène. Elle montre ses entrailles, ses cabinets, ses dérélictions, ses excréments, ses blessures, son sommeil, ses stigmates, ses crachats, sa fange, tout ce que l'Occident a mis tellement d'énergie à cacher, à interdire ou à refouler. Elle fait du « dehors » avec ses « dedans ». Sa cave est sa devanture. Ses obscurités sont ses lumières, oui, mais elle doit bien posséder tout de même un dedans, sinon comment aurait-elle un dehors et ce serait peut-être commencer à la comprendre que de déceler le coffre au trésor, le lieu interdit où s'étendent les caves de l'Inde.

Des centaines d'éventaires infimes proposent leurs pacotilles, des graines à mâcher, si petites qu'elles ne nourriraient pas un moineau, des friandises pour Lilliput, des gâteaux pour fillettes de trois jours. Les boutiques naines sont éclairées de bougies microscopiques. La nuit de Bombay ressemble à la miniature d'un ciel rempli d'étoiles, occupées à lancer, avant qu'il ne soit trop tard, leurs derniers rayons.

On avance en enjambant des corps. On marche précautionneusement, dans un paysage menacé qui risquerait de se disloquer, de s'évaporer au moindre éternuement et des « bonjour » discrets vous accompagnent, des « bonjour » aimables et indifférents, des murmures, des balbutiements. Ces chairs usées, amoncelées sur les trottoirs, nichées sur les perrons, ne forment peut-être qu'un seul corps interminable et qui, de temps en temps, se retourne sur ses pavés pour chercher, sous le repos, un autre repos. Pas un bruit, pas une dispute, pas un cri. Des chuchotis. Des confidences adressées à personne, adressées à la mer, à la poussière.

Comment pareil dénuement peut-il produire tant de gentillesse et une si précieuse paix ? Vous pouvez vous promener à n'importe quelle heure (sauf dans quelques quartiers bien définis) et pas de danger. Bombay vous protège dans son infernale douceur, sa terrifiante résignation.

De l'Inde, nous nous rappelons le sourire. Ce ne sont pas des hommes qui peuplent ce continent, ce sont des sourires, autour desquels flottent des visages et parfois, le visage défaille, on ne distingue plus, dans ces rues pullulantes, que des sourires, des sourires sans commencement ni fin, entourés d'un halo ou d'un spectre, comme une empreinte archéologique abandonnée par le visage qui fut. Les Indiens ne rient pas. Ils sourient. Le plus désenchanté des mendiants, quand on ne lui donne pas l'aumône, remercie d'un sourire. Ce sourire est limpide, simple, cruel. Ce sourire dit : « Allons, allons, ça ne fait rien, n'allez pas vous mettre martel en tête parce que je n'ai pas obtenu ma roupie. Ce n'est pas votre faute si vous êtes comme ça. »

Tout manque à ce mendiant. Il n'a plus qu'un bras, il est borgne, ses pieds sont enveloppés dans des chiffons car ils n'existent plus, mais la bouche tient encore le coup parce qu'il faut malgré tout arriver à sourire. Même les sikhs monumentaux qui veillent à la porte des palaces dans leurs beaux habits rouges, leurs barbes bleu-noir, leur mépris universel et leur turban de maharaja, même les sikhs sont voués au sourire. Non pas l'un de ces sourires ratés, avares, que nous confectionnons en Europe, un de nos sourires au détail, non ! du sourire en gros, en vrac, des tonnes de sourire. Un sourire comme une beauté, comme une sérénité. Un sourire qui dit : « D'accord, ça ne va pas très bien en ce moment, disons ces cinq ou six derniers milliers d'années, mais ne vous en faites pas, il suffit d'un peu de patience et d'attendre, quelques dizaines, quelques centaines de siècles au plus, vous verrez, ça ira déjà beaucoup mieux. »

Et l'Européen, là-dedans ? L'Européen massif, plein de viande, épais comme un bifteck, fermé comme un poing, comme une banque, clos comme un guichet de Sécurité sociale, osseux, compact, l'Européen pareil à une grimace et qui déteste la crasse et la bienveillance et la philosophie, l'Européen vous met au parfum : « C'est vrai qu'ils sourient mais savez-vous pourquoi ? C'est qu'ils sourient à l'idée du tour qu'ils sont en train de vous jouer, à l'idée de la roupie qu'ils sont en train de soustraire à votre bourse. »

Il est probable que ces méchancetés européennes sont fondées mais nous décidons de ne pas y croire. Nous préférons penser que les sociétés seraient plus nobles, mieux habitables, si les pays riches empruntaient, ou même achetaient, au rabais cela va de soi, quelques tonnes de son sourire à l'Inde.

Il n'y a pas que le sourire. Il y a la manière de

dire « oui ». On nous avait prévenus en France : « Prenez garde. Ces gens-là font tout à l'envers. Ils ne ratent pas une occasion de vous embrouiller, de tromper l'ennemi. Par exemple, pour dire *oui*, ils secouent la tête de droite à gauche comme nous le faisons, en Europe, pour dire *non*. Voyez comme ils sont sournois... »

Ce n'est même pas vrai. L'Indien, quand il veut dire « oui » ne remue pas la tête comme il vient d'être dit, il ondule doucement du chef. Il dodeline, il fait un mouvement de serpent, une espèce de « huit », une danse immobile qui mélange le « oui » et le « non ». Comme pour dire « oui » et « non » en même temps, et il serait bien aise, l'Indien, de vous approuver ou bien de vous contredire mais sait-on jamais, n'est-ce pas, les choses sont obscures, compliquées, retorses et savantes ! Je devrais vous dire « non », exprime votre interlocuteur, mais je ne veux pas vous faire de la peine car vous êtes aimable, si bien que je préfère produire cette espèce de mixture, de bouillie, à mi-chemin du « oui » et du « non ». Un assentiment timide, effarouché comme une souris, comme une jeune fille, comme un enfant.

Ces hommes tellement affables sont cruels. Chaque année, en Inde, on dénombre trente mille, peut-être quarante mille femmes immolées par le feu. Le scénario est le suivant : quand une jeune fille épouse un jeune homme, elle lui apporte une dot. La dot est toujours trop lourde. Aussi, on n'en livre que la première moitié à la belle-famille. Le reste sera débloqué peu à peu, après le mariage.

Au bout de quelques mois, comme le reliquat n'arrive pas, le mari entreprend de geindre. Il menace. La belle-famille hurle. La vie de la jeune épouse devient un enfer. On la persécute. Elle n'en peut plus. Un beau jour, elle s'arrose de kérosène et elle prend feu. Quand la jeune fille est incompréhensive, rétive ou peureuse, qu'elle a horreur du feu, la belle-famille s'exalte, lui donne un coup de main et l'enflamme. Les journaux annoncent qu'une jeune femme est morte d'un incendie accidentel dans sa cuisine.

Nous n'avons pas cru à ce roman. Mais la même question posée à vingt reprises s'est attiré la même réponse : oui, des milliers de femmes sont brûlées chaque année parce qu'elles n'ont reçu qu'une moitié de dot (ne pas confondre avec le suicide rituel des veuves par le feu à la mort de leur mari, le *sati* – qui signifie « femme vertueuse » –, le sati jadis ordinaire mais aujourd'hui interdit, très surveillé par la police et en voie de disparition ; encore faut-il préciser que si les veuves pratiquaient le sati, c'est qu'après la mort de leurs époux, elles étaient rejetées de toute société, promises à la famine ou à l'abjection).

Revenons à l'incendie des femmes qui n'ont qu'un bout de dot. Ces meurtres se pratiquent de préférence à la ville, dans la petite bourgeoisie. À la campagne, dans les régions primitives, on ignore ces horreurs.

Comment concilier les sourires, les immenses stocks de bonté entreposés en Inde et ces ignominies ? Pas de réponse. L'Inde, ce pays de la vraie non-violence, sécrète une violence sans pareille, c'est à n'y comprendre rien. En France, nous pratiquons plutôt le « ou bien, ou bien ». En Inde, on préfère le « ceci et cela ».

La violence est une eau dormante mais il suffit d'un rien et c'est l'orage. On l'a vu quand les sikhs ont assassiné Indira Gandhi ; pendant des jours, l'Inde se livra à la chasse à l'homme, une répugnante chasse à courre, avec égorgement de tout ce qui portait le turban des sikhs. (Il faut dire que les sikhs ne sont pas aimables, on se demande bien ce qu'ils fabriquent en Inde, ils ont dû se tromper de pays. Ils sont beaux et grands, d'accord, chacun d'eux assommerait d'un coup de poing dix de ces petits Indiens qui tournent autour d'eux comme des Pygmées, ces petites choses gracieuses, mal terminées, avec un peu de peau brune collée au hasard sur le souvenir d'un squelette, oui, les sikhs sont immenses et forts comme des sikhs, très majestueux, mais quelle arrogance aussi, des soldats, voilà tout, des troufions, des troufions superlatifs.)

Les dieux n'améliorent pas toujours le tableau. Les Indiens ont tellement de divinités, ce serait bien le diable si quelques-unes d'entre elles n'avaient pas des idées idiotes, ne réclamaient pas des cultes aberrants ou pervers. Une de ces divinités dévoyées est une déesse du plus haut rang, Kali, qui est une teigne. Spécialisée dans la destruction, ornée de quantité de bras et de jambes, elle aime le meurtre, c'est son tempérament.

On dira que les chrétiens possèdent également

un expert en démolition, c'est Méphistophélès, mais Méphistophélès est un démon tandis que Kali est une déesse. Kali est donc supposée bénéfique, même si elle ordonne de piller, de briser, de brûler – preuve supplémentaire de la profondeur de l'esprit indien qui sait depuis belle lurette que le mal et le bien, cela compose un couple inextricable, entremêlé comme les membres d'un contorsionniste, que le bien et le mal sont « à la colle », vieux ménage en querelle perpétuelle mais inséparable, et que le bien, sans le mal, *pftt*...

L'idée de Kali, on l'imagine, est que mort et naissance, stérilité et fécondité, deuil et noces, mal et bien, toutes ces choses se soutiennent et si le monde doit perdurer, si le soleil doit s'entêter à se lever chaque matin, il s'impose qu'un peu de mort et même beaucoup, un peu de mal et même beaucoup soient acceptés à la table blême, superbe du destin. Près de Bénarès, Kali dispose d'un temple. Ses adeptes, aux alentours du VIIIe siècle, y formaient la secte des Thugs, une secte assassine. Les Thugs appliquaient les directives de la déesse, tuaient tout ce qu'ils pouvaient pour en rapporter les dépouilles à la patronne. De temps en temps, pour rompre la monotonie, les Thugs, au lieu d'assassiner les pauvres bougres qu'ils croisaient dans la campagne, s'assassinaient eux-mêmes, dans d'immenses suicides collectifs. C'est Kali qui était bien contente.

Tout près de Bombay s'élève une puissante forteresse mahratte, perchée sur un piton et construite au XVIIe siècle. Là, un chef mahratte, Shivaji, fut assiégé par un général musulman, Afzal Khan. On décide de négocier. Les deux chefs se rencontrent. Shivaji embrasse Afzal, après avoir muni ses doigts de crocs d'acier – les « griffes du tigre » – avec lesquels il saigne le musulman. Cette histoire paraît sortie des pires culs-de-basse-fosse de l'histoire, des luttes de sérail, de la secte des Hashâshin, des Empires ottoman ou chinois ou mongol, oui, mais les Turcs ne se flattent pas d'être des non-violents, ils ne sont pas résignés à perpétuité : ce sont des forces, non des faiblesses. En ce sens, ils sont plus loyaux que les Indiens.

Il circule en Inde mille histoires détestables, dont certaines contemporaines. Par exemple, dans les régions du centre on pratique encore volontiers l'attaque à main armée des trains, avec beaucoup de cadavres. Dès qu'on soulève la laque transparente de la non-violence qui recouvre les paysages de l'Inde, on découvre les mêmes vilenies que partout ailleurs, cela, nous le savons bien ; il n'empêche, on se souviendra de l'Inde comme d'un infini sourire.

Jésus-Christ n'est pas mort au Golgotha et le tombeau du Christ n'est pas à Jérusalem comme le pensent les chrétiens. Il est en Inde, au Cachemire, non loin du Tibet. Des foules le visitent.

Alors ? Toutes ces peintures de la Crucifixion, ces Cranach, ces Caravage, ces Rubens, ce seraient des faux ? Et le Saint-Sépulcre, et les saintes femmes, et la sainte résurrection ? L'Indien vous considère, il ondule de la tête avec de l'ironie. Il en faudrait davantage pour le décontenancer, l'Indien. Il en a vu d'autres. Ce pays contient des myriades de sadhus, des ascètes brahmaniques capables d'accomplir des prouesses égales à celles du Christ. Les sadhus pratiquent en particulier le *pranayama*, en d'autres termes, la rétention des mouvements respiratoires, et le tour est joué, vous êtes en état de mort apparente et vous renaissez à volonté. C'est du tout-venant, de l'ordinaire, là-bas, dans les parages du Tibet et, comme on sait que les sadhus sont très espiègles, il n'est pas rare que l'un d'entre eux meure, qu'on l'ensevelisse, pour le plaisir, et quand il en a marre, le sadhu, il secoue sa terre et il ressuscite, ça fait passer le temps, passer l'éternité.

Voulez-vous dire par là que le Christ est à peine un sadhu, importé de l'Inde ? Mais non, pas du tout. Le Christ est vraiment un Essénien mais il est venu s'informer en Inde, auprès des grands initiés. La vie du Christ, dans les Évangiles, contient des plages d'ombre, des brouillards, il apparaît ici et puis on ne le trouve plus, il s'efface, il se dissout, on ne sait plus où il est passé. Enfin, nous ne le savons plus, mais les Indiens, eux, le savent.

Le Christ a fait un saut en Inde. Il a connu des yogis. Il a appris les techniques de maîtrise du corps et quand il est revenu en Judée, les Romains, les juifs (et nous avec) ont été bien attrapés. Le Christ, sur la croix, n'était pas mort du tout. Comme les gens n'y ont vu que du feu, on l'a quand même enseveli mais, la nuit, il a quitté le sépulcre sur la pointe des pieds. Il a rallié l'Inde. Il s'est marié. Il a eu des enfants. Ces derniers ne paraissent pas avoir percé car les Indiens ne savent même pas ce qu'ils sont devenus.

Ce roman ne signifie pas que les Indiens méprisent le Christ, ravalent sa tragédie au rang d'un exploit technique. Bien au contraire : seuls des hommes très purs et très doués en philosophie sont aptes à juguler leur corps, à suspendre les battements de leur cœur ou le gonflement de leurs poumons, à volonté. Le Christ est donc extrêmement admiré et respecté. Seulement, les Indiens sont énervés de l'avoir raté. Et ils le récupèrent.

Les Indiens, qui possèdent une nuée de dieux épatants, sont navrés qu'un dieu leur ait échappé et soit allé naître étourdiment dans cette espèce de pays qu'on appelle la Judée. Un dieu, ça devrait avoir un peu de jugeote, ce n'était pas très malin de choisir cette mer Morte, cette colonie romaine, alors qu'il eût été si simple de s'établir en Inde, mais enfin, la bévue a été commise, il convient de la réparer.

C'est pourquoi les Indiens ont annexé le Christ. Ils l'ont envoyé à l'école de la sagesse et de la sainteté indienne, la plus performante du monde, après quoi ils ont laissé que passe l'affaire de la Croix et puis ils l'ont rapatrié au Cachemire.

Cette entourloupette est un peu égoïste et pas très courtoise car enfin, ces Indiens qui comptent bon an mal an trente-six millions de dieux, d'après les derniers recensements, ils auraient bien pu nous laisser le seul dieu que nous ayons réussi, non sans tribulations, à mettre sur pied. Ce n'était pas trop leur demander : à eux seuls, ils ont raflé la quasi-totalité des dieux de la planète, il eût été bienséant de nous laisser le nôtre.

D'autant qu'ils vous serinent : « Trente-six millions de dieux », mais ils sont au-dessous de la vérité. Des dieux, il en débarque sans arrêt dans ce pays de cocagne. Vishnou, à lui tout seul, s'est incarné une douzaine de fois. Alors que l'Occident a besogné plus de dix millénaires pour en produire un seul, les Indiens en confectionnent comme en dormant.

Et leurs dieux sont brillants, cocasses, inattendus, merveilleux. L'Occident est l'indigence même, par comparaison. Nous sommes bien fiers, nous autres, d'avoir mis au point la Trinité, qui forme en effet une assez jolie prouesse technique car c'est une affaire résolument obscure, très acrobatique et qui exige de ceux qui en veulent percer le mystère des capacités d'abstraction peu communes. Eh bien, pour l'Indien, ce n'est rien du tout, la Trinité. C'est enfantin. C'est un machin de paysan un peu simpliste. Les productions divines du peuple indien ont une autre allure.

Le moindre temple indien est occupé par des régiments de singes, d'éléphants, de femmes, de vaches, d'hommes, de lotus, tous divins et tous plus bizarres et beaux les uns que les autres. Ganesh a une tête d'éléphant. Çiva a le corps tout bleu et un collier de serpent. Vishnou somnole sur une mer de lait, elle-même flottant sur un nid de serpents, n'est-ce pas un peu plus calé que le statut de la Vierge Marie ? Brahma, qui est le principe originel, n'a pas moins de trois têtes. Krishna a un casque de plumes de plomb qui a la propriété d'être extensible et se plaît, de temps à autre, à envahir tout le cosmos. Nous avons même rencontré un certain Walkesar, qui est carrément un dieu de sable.

Et ils ne chôment pas, tous ces dieux. Ils sont agités comme des fous. Dans le domaine érotique, par exemple, attention ! Là encore, l'Occident a bien piètre allure : nous avons, c'est vrai, Marie-Madeleine, qui fait de son mieux mais c'est une femme triste, elle pleure tout le temps, jamais contente ; c'est bien une Occidentale, celle-là, un vrai sentiment tragique de la vie, et qui ne peut goûter le plaisir charnel que dans le malheur, la subversion et le vertige de l'interdit. Au contraire, là-bas, du côté du Gange, les dieux adorent jouir, copuler, ils ne voient rien d'étrange dans cette activité. Le plaisir est pur, enfantin, cristallin. Les étreintes sont agréables, les peaux sont douces et la chair est tendre, bonne, généreuse.

Leurs capacités de plaisir sont colossales. Çiva et Parvati s'aiment. Leur embrassement va durer, sans reprendre souffle, quelques millions d'années. Quant à Kali, celle qui est si désagréable, il lui arrive de prendre sa propre tête et de la poser sur le corps d'une courtisane afin de savoir un peu ce qui se passe en bas. Mais le plus charmeur est encore Krishna, qui atterrit un jour dans une forêt, avise une foule de « laitières », les *gopis*, des jeunes femmes fondantes, belles comme le lait, avec des seins de miel et d'inapaisables désirs. Krishna ne s'affole pas. Il aime les mille vachères et chacune est bien contente.

Çiva est plus compliqué. Çiva, l'un des trois grands, duquel Malraux assure, à propos de sa statue d'Elephanta : « La seule tête, peut-être, digne de s'appeler Inde » (ce qui ne veut rien dire et confirme qu'un grand écrivain peut être aussi stupide que quiconque). Donc, Çiva. Il se fractionne à volonté. On connaît un Çiva destructeur (Bhairava) et un autre constructeur (c'est sa partie féminine). D'autres fois, les deux portions de Çiva s'associent, ce qui fournit un troisième Çiva, féminin et masculin, androgyne, la part masculine brandissant un cobra, la part féminine un miroir.

Revenons à l'affaire du Christ. Puisque les Indiens ne savent plus que faire de leurs dieux (les grands, les Çiva, Vishnou, etc., ne manquent pas de besogne, certes, mais parmi les petits, les locaux, les régionaux, il y en a qui font plutôt pitié et qui sont en situation constante de sous-emploi), quel besoin avaient-ils de nous dérober le nôtre, ce Christ qui était bien tranquille, si l'on peut dire, dans son Occident, et qui jouissait d'une exclusivité totale ? C'est que les Indiens, en matière de dieux, ne sont jamais rassasiés. Ils ont un appétit d'ogre. Ils ressemblent à ces personnes très riches qui veulent sans cesse davantage de sous. Il existe ainsi des gloutons qui ont toujours un boyau vide, ils ont beau se bourrer de crèmes et de viandasses, ils ont encore faim et quand le corps demande grâce, ils se refilent des recettes, ils contemplent des pâtisseries ou bien ils lisent des livres de cuisine.

Il faut comprendre les Indiens. Leur pays fut toujours pauvre, peu doué pour la banale entreprise (aujourd'hui, les choses changent, l'Inde est un grand pays en voie de modernité). Dans les temps anciens, les temps de la splendeur, l'Inde, en ce qui concerne la civilisation matérielle, était loin d'être un modèle. Rien ne marchait, tout cassait, tout tombait en panne, le blé ne voulait rien savoir, le riz était maigre comme tout et les vaches, ah les vaches !...

Au surplus, l'Inde passait son temps à se laisser prendre par toutes sortes de peuplades, les Grecs, les Arabes, les Moghols, les Anglais. C'était une espèce de jeu de société pour les autres nations que d'envahir l'Inde : « On s'ennuie, disait le khan des Moghols (ou bien un général anglais, ou un aventurier macédonien), si on allait un peu envahir l'Inde ? »

Maladroite de ses mains et toujours vaincue, l'Inde s'était alors tournée vers deux domaines qui procèdent de l'esprit, non de la matière, et aussitôt tout se met à marcher à merveille : la connaissance (et ils vous inventent le zéro, le jeu d'échecs, l'astrologie, l'infini, les mathématiques, la philosophie...), et le sacré, au point de se transformer en une formidable manufacture de dieux. Là était leur vraie richesse. Ils manquaient d'eau, de riz, de légumes, de machines mais, pour les dieux, ils étaient les meilleurs. Dans cette industrie-là, ils sont suréquipés, à la pointe de l'avant-garde depuis le début de l'histoire ; c'est leur force, en même temps que la raison de cette condescendance avec laquelle ils regardent les autres. Comme tous les vrais professionnels, ils sont très vaniteux quand ils rencontrent un amateur même doué. Ils sourient poliment si nous leur présentons notre pauvre Dieu unique, ou même nos spécialités les plus remarquables comme l'Immaculée Conception ou la marche sur les eaux. Mais, comme ils sont tolérants de nature, ils ne nous en veulent pas. Ils sont amusés et vaguement compatissants.

En secret, ils nous plaignent. Ils jugent que nous ne sommes pas très dégourdis d'avoir laissé tous les dieux disponibles s'échapper et s'incarner en Inde. Le moindre des mendiants semble se dire, dans le secret de son âme : « O.K. Vous êtes très forts pour fabriquer des bateaux, pour conquérir la Terre, inventer l'horloge mécanique, les longitudes et le fusil à répétition, mais pour ce qui est du religieux, c'est nous les riches, c'est nous les nababs et ce serait plutôt à vous de tendre la main. » On comprend mieux que les mendiants soient si tolérants, si dignes. Ils parlent d'égal à égal, de puissance à puissance, ils font du troc : « Donne-moi une roupie et je te donnerai un brin d'Esprit. »

Ils ont des âmes de collectionneurs. Et comme tous les collectionneurs, ils entendent posséder l'intégralité de la série, quitte à user de moyens à la limite de la légalité : la capture du Christ en atteste ; c'est en tapinois, sans nous mettre la puce à l'oreille, qu'ils ont imaginé leur stratagème du yogi pour attirer le Christ dans leur mouvance et lui donner une sépulture au Cachemire. Au passage, ils ont attrapé l'apôtre Thomas qui, lui, paraît réellement venu évangéliser le Gange et dont le tombeau s'élève à Madras.

Le panthéon de Judée et d'Europe était cependant bien maigre pour ces boulimiques, si bien qu'il leur est arrivé de viser, à l'occasion, d'autres dieux « uniques », spécialement celui de l'islam. Après tout, puisque les musulmans ont conquis un morceau d'Inde dès l'an 750, pour y stagner ensuite pendant sept siècles, les Indiens auraient été bien bêtes de se priver. Ils ont recueilli l'islam, et les mosquées, là-bas, sont innombrables, certaines parmi les plus belles du monde. Mais ils ont fait mieux : ils ont su, en quelques occasions, mélanger les deux religions, celle du dieu unique et celle des dieux infinis. Cela est un peu vertigineux, c'est même une aporie, mais pour une cervelle indienne, une aporie est un problème de rien du tout, de sorte que les sikhs réussirent à naître, grâce à la fusion de deux religions incompatibles.

Les Indiens ont également lancé une opération pour se procurer quelques reliques de l'islam : à Srinagar, dans le Cachemire, à Hazratbal Masjid exactement, une mosquée s'élève dans laquelle repose un poil de la barbe du Prophète (en ce cas, le triomphe n'est pas vraiment glorieux car enfin, pour des spécialistes d'un pareil calibre, s'emparer d'un seul poil de la barbe du Prophète, pas de quoi pavoiser, mais c'est mieux que rien, il n'y a pas de petit profit).

Les cervelles de ce pays sont subtiles, avec tendance à la complication. Elles paraissent lentes, et presque gourdes. Vous posez une question et les Indiens ne répondent pas vite, ce qui est un comble pour des esprits aussi rapides. En réalité, leur esprit forme une mécanique si sophistiquée qu'il faut un certain délai pour la chauffer et débrouiller ses circuits. Un Occidental doit prendre son mal en patience, attendre que tous les rouages, les engrenages et les clapets aient réussi à se déclencher. Ensuite, une fois en route, l'Indien vous sème.

Il est des moments où toute cette complication s'efface et les Indiens montrent alors une efficacité, une célérité enviables. À Madurai, l'une des cités saintes du pays tamoul – une cité, il faut le reconnaître, baignée par le nectar qui s'écoule de la chevelure de Çiva – existe un temple, celui de Minakshi-Sundareshvara, muni d'un bassin dit du Lotus d'or. Ce bassin est pratique. Dans les âges classiques, il permettait d'apprécier les ouvrages littéraires, selon une technique impeccable : on jetait le livre dans le bassin, s'il tombait au fond, il était médiocre ; s'il flottait, il s'agissait d'un chef-d'œuvre. On enrage que l'Occident n'ait jamais connu une telle invention, bien simple cependant, car les pièces d'eau ne nous manquent pas et, au besoin, on peut en confectionner une, mais non, nous n'y avons seulement jamais pensé. Que d'erreurs cependant, que de bourdes, le système du bassin nous eût épargnées !

L'ennui, c'est que le bassin du Lotus d'or est quelquefois en réfection. Nul doute qu'il était en train d'attendre un dépanneur le jour, les jours, où il fut sollicité à propos des *Upanishad*, du *Ramayana*, des *Purana*, de la *Bhagavad-gita*. Si le bassin n'avait pas été en panne, dans ces moments-là, les manuscrits auraient certainement coulé à pic car enfin, c'est très noble, tout ça, et ça raconte des légendes intéressantes mais c'est long comme un jour sans pain, ça redit tout le temps la même chose, ça n'a pas de squelette, ça s'enroule et se noue, ne se dénoue jamais, c'est du serpent, du ver de terre. Le *Mahabharata*, à lui tout seul, compte quatre-vingt-dix mille versets composés entre le IIIe siècle avant Jésus-Christ et le Ier siècle après, et le *Ramayana*, écrit, lui, entre le IIIe siècle avant et le IVe siècle après, en aligne tout de même vingt-quatre mille, mais aussi quelle idée d'écrire durant sept siècles le même livre !

Même regret à propos des temples. Il en est de magnifiques mais, même réussis, ils ont des têtes de gâteaux, de bonbons, de crèmes, vert tendre ou cuisse-de-nymphe émue, tout en courbes, en volutes : du tarabiscoté, du baroque chewing-gum, des ice-creams, de grosses chevelures laquées et frisées au sortir d'une permanente – de la fadeur, de l'attendrissement, des préciosités, du chichi. Si bien que ce bassin du Lotus d'or, tout compte fait, je me demande s'il n'a pas le goût déformé, et nous avons sans doute bien fait de ne pas l'inventer.

Dans le Temple d'or des sikhs, à Amritsar, les balais utilisés pour nettoyer les sols sont faits de plumes de paon.

Le carnaval indien s'appelle Holi. Nous y avons assisté à Bombay, un 7 mars, cette année-là. Fête du printemps. Toute la journée, dans une gaieté délicieuse, on projette sur les gens que l'on croise des nuages de poudre colorée, le plus souvent rouge, mais violette aussi, ou mauve, ou orangée, blanche, bleue, jaune. La ville se barbouille. La ville est une peinture en train d'être peinte. Les rires des enfants sont de la couleur.

Je ne voudrais pas dire du mal des Portugais du XVIe siècle mais cette peuplade n'a pas beaucoup d'imagination. Elle a produit des marins adroits, des soldats valeureux, des prêtres à éviter, des vice-rois désagréables et robustes mais pour l'imagination géographique, elle ne vaut rien du tout. Ainsi raisonne-t-on quand on découvre la ville de Goa car on croit qu'on aborde au Brésil, quelque part entre Vittoria, Rio, Recife et Natal : une série d'îles et de presqu'îles occupées à sommeiller parmi de belles rivières lustrées, laquées, et des cocotiers à n'en plus finir. Le paysage de l'Éden avant qu'Adam et Ève n'y aient jeté le désordre. Des soleils inédits, le soir surtout, parce que les vapeurs d'eau des ciels équatoriaux sécrètent des couleurs qui ne figurent pas dans l'arc-en-ciel. De la paix. Du repos. Des tonnes de tranquillité, de beauté. Des frangipaniers et des bougainvilliers. Un paysage qui ressemble à une image dans un miroir et l'on se demande où se cache l'original. Donc, très beau, Goa et ses environs, mais l'original, on a vite repéré qu'il se trouve au Brésil et que Goa n'est que le reflet, de l'autre côté du monde, de ces terres que Cabral avait découvertes à Ilheus, au sud de Salvador de Bahia. Pourtant, dans cet interminable continent indien, ils avaient tout ce qu'ils voulaient, les Portugais, des déserts, des tigres, des toits du monde, et ils n'ont vu que le décalque de ce qu'ils avaient empoché en Amérique. Ẹt quand ils se sont employés à coloniser, ils ont encore aggravé les ressemblances : ils auraient pu en profiter pour inventer un style d'architecture, une façon de vivre, mais non, toutes les petites villes qui somnolent le long des rivières sont importées du Brésil (Panaji, Velha Goa, Agoada…). Ici et là, dans la campagne, entre rizières et cocotiers, on a posé de minuscules églises baroques prélevées sans aucun doute au Brésil, dans le Minas Gerais.

Des églises catholiques évidemment, car les paysages de Goa ne sont pas encombrés par les temples indiens. Les Portugais de l'époque saint François Xavier avaient des idées très saines : tout ce qui n'était pas catholique et romain ne valait pas un clou, voilà tout, et il était moral de le casser. Il était moral aussi de brûler ces livres qui racontaient des légendes indiennes complètement idiotes. Le tout était de nettoyer le terrain, de manière à accueillir le vrai Dieu, celui de la Bible, dans un lieu désinfecté. L'Inquisition a marché ici du tonnerre de Dieu. On a même coincé au passage quelques chrétiens pas convenables, la communauté primitive de rite syriaque, au point que le nom de *frangi* (franc, c'est-à-dire européen) a pris en Inde le sens de fléau ou de peste.

Le Portugal a été chassé par Nehru en 1961. Chassé comme une mouche. Salazar était un entêté. Il ne discutait pas avec des Indiens. Le Portugal s'accrochait comme une tique sur un buffle, il n'allait pas s'incliner devant des primitifs. Alors, un beau jour, Nehru a dit : « Je ne peux pas continuer à négocier avec un homme du Moyen Âge », et l'Inde a gobé Goa, d'une bouchée, sans qu'on entende du reste un seul coup de fusil portugais.

À Chandernagor, à Pondichéry, il y a toujours un peu de France. À Goa, rien de portugais, rien du tout, si ce n'est dans quelques fazendas où achèvent d'agoniser de vieilles familles luso-indiennes, dans la douceur d'un atroce crépuscule.

Goa ne parle plus le portugais. Goa parle le bizarre anglais de l'Inde ou bien le dialecte konkaki, plus exactement ce qui en surnage après les foudres de l'Inquisition. Les jeunes gens savent à peine que leurs parents furent luso-indiens. En fouinant énergiquement, cependant, on met au jour des espèces de vestiges, des monuments historiques, c'est-à-dire des habitants assez âgés pour se souvenir du temps du Portugal et pour ne point s'en consoler.

Nous avions rendez-vous à Panaji, à une trentaine de kilomètres de notre hôtel de la plage de Forte Aguada. Nous irions en taxi. Le chauffeur est un Indien de peau très foncée, cinquante-cinq ans peut-être. Je lui parle en portugais. Il sursaute. Il retire sa casquette comme pour mieux entendre. C'est la félicité, le miracle. Je suis donc portugais ? Non, je parle le portugais du Brésil. Suit une scène extravagante. Le chauffeur se précipite sur la langue portugaise comme sur un arbre de Noël : il en dépend des adjectifs, des adverbes, des tournures, il fait rouler les mots dans sa bouche avec des petits soupirs de jouissance. Pour gagner quelques minutes de langue portugaise, il conduit son taxi à une vitesse d'escargot, dix kilomètres à l'heure peut-être.

Nous avons vu le moment où il allait inventer une panne, démonter son carburateur, crever ses pneumatiques, de manière à avoir droit à une déclinaison supplémentaire, à un verbe irrégulier, à quelques locutions encore dans la langue de Camões, comme il l'appelait. Au surplus, il a lâchement profité de nos nullités géographiques pour faire un labyrinthe d'une route banalement droite. Il rêvait. Un jour, il irait à Lisbonne, parole d'honneur, il irait là-bas avant de mourir, le Tage, c'est tellement beau, et Henri le Navigateur et l'Estoril… Le temps passait voluptueusement. C'était joyeux et triste en même temps, triste comme un lac limpide que la première distraction des vents va ternir pour l'éternité.

Quand il nous a déposés, le cœur en débandade, nous avions plus d'une heure de retard à notre rendez-vous. Nous le lui avons fait observer avec une portugaise douceur. Il a souri, portugaisement. Il nous regardait en silence.

Calangute, la plage de Forte Aguada, est immense. Sur son sable pâle, nous serions seuls avec le vent s'il n'y avait pas une tribu de touristes italiens pleine de gros derrières et de bermudas.

Il y a des cocotiers d'une paresse persévérante, qui font semblant de se balancer quand un peu de brise déboule – ils ont l'air, dans ces moments-là, soumis et un peu honteux, comme un enfant fait mine de recopier sa dictée quand le maître passe dans les rangs –, et puis des corneilles. Les corneilles sont partout, en Inde, dans tous les interstices du ciel, et elles font le même charivari de Delhi à

Madras, mal élevées et impertinentes, jamais satisfaites, critiquant tout le monde, à l'affût de toutes les charognes.

Les corneilles de Goa sont donc semblables à celles de Baroda ou de Poona et l'on se dit que, si les Portugais ont réussi en un tournemain à pulvériser tout ce qui n'était pas chrétien dans ce pays si émouvant, du moins ne sont-ils pas venus à bout des corneilles. Ce que les Macédoniens, les Arabes, les Anglais n'ont pas réussi à faire, c'est-à-dire à avaler ce pays qui absorbe et assimile ses conquérants, les corneilles, elles, y sont parvenues. Elles sont chez elles. Elles effacent histoire et géographie d'un seul coup : ici, à Calangute, elles vaquent à leurs occupations comme elles vaquent à Bénarès, comme elles vaquaient sûrement au Moyen Âge.

Et on se trompe, mais il faut les observer avec soin pour voir clair dans leur jeu. On comprend alors que ces corneilles sont des corneilles lusophiles : non point que leur sale croassement de mauvais rêve contienne des intonations portugaises, mais leurs manières ne sont pas tout à fait semblables à celles des autres corneilles.

En premier lieu, elles essaient de faire les corneilles de mer alors que les autres corneilles de l'Inde sont des corneilles de campagne, même celles qui résident provisoirement au bord de la mer. Ici, non. À Goa, les corneilles singent les albatros, les goélands, les mouettes. Vaniteuses et vulgaires, elles avancent par groupes, tout près de la vague, et quand celle-ci déferle, elles font mine de s'envoler, elles prennent le profil marin, mais ça ne va pas loin, elles décollent mal, on dirait des souliers qui se sont juré de s'envoler, et elles se replient à toute allure, désagréables et vexées, engueulant les vraies mouettes qui tournent comme des cerfs-volants magiques, et elles recommencent à se dandiner sur le sable, comme si rien ne s'était passé, aigres et confuses, tout en insultant les cocotiers.

En réalité, tout ce manège n'est que du théâtre, de la poudre aux yeux. Les corneilles de Goa ont d'autres ambitions que de devenir des oiseaux de mer et c'est le soir, en général, qu'elles avouent leur vrai souci. Nous avons passé de longs moments à les considérer. Sur la plage enfin délivrée du derrière des Italiens, les corneilles continuent leurs manigances. Elles se tiennent par bandes de dix à la limite de la terre et de la mer et elles observent l'océan avec mécontentement. Elles crient après chaque vague et parfois s'approchent des flots pour leur donner des coups de bec hargneux. Ensuite, elles lèvent la tête et regardent très longuement, très tristement la ligne de l'horizon.

On comprend alors : ce qui les indigne en vérité, ce n'est pas toute cette eau, ces friselis d'écume, ces poissons si malins, même pas ces mouettes qui volent comme des démons, non, c'est que l'océan soit vide et qu'aucune caravelle portugaise ne découpe jamais sa voilure sur le rouge du soleil couchant. Ce qu'elles guettent depuis des siècles, c'est le retour de Camões ou d'Albuquerque. Elles ne comprennent pas ce qui a bien pu se produire. À certains moments, quand elles sont fatiguées d'avoir injurié l'océan, elles se déplacent en tribu et vont organiser un bivouac ou un conclave dans l'un des deux petits forts portugais qui se dressent à gauche de la plage de Calangute. Là, comme elles arpentent d'un air réfléchi les pierres blondes sur lesquelles les soldats montaient le guet jadis, elles ne jacassent plus, soudain cérémonieuses, responsables, elles font les cent pas dans la nuit de velours, la nuit de soie, la nuit fantôme mais les fantômes s'en sont allés et Albuquerque, Albuquerque ne reviendra plus.

Plus tard, dans la nuit équatoriale, elles regagnent leur plage, elles traînent leurs grandes ailes, on dirait des vaincues mais c'est mal les connaître et demain elles reprendront le même manège, elles recommenceront à scruter le vide éblouissant de la mer d'Oman, comme un mousse posé à la pointe du grand mât, dans l'attente que le temps ancien ressuscite, même pour un instant.

Chateaubriand avait assisté à un spectacle identique, dans les forêts de l'Amérique :

> « Des peuplades de l'Orénoque n'existent plus. Il n'est resté, de leurs dialectes, qu'une douzaine de mots prononcés dans la cime des arbres par des perroquets devenus libres. Comme la grive d'Agrippine gazouillait des mots grecs sur les balustrades des palais de Rome. »

Les artisans qui ont sculpté les statues du temple de Vimala Vahasi, non loin du mont Abu, qui veut dire le mont du Sage, étaient rétribués non pas en mesurant la surface qu'ils avaient ornée dans la journée mais en fonction du poids de la poussière de marbre que leurs ciseaux et leurs brosses avaient arrachée au bloc de pierre brute. On payait non pas l'objet qu'ils avaient façonné mais le vide qu'ils avaient extrait du marbre. Ce qui était mesuré, en fin de journée, par les contrôleurs des poids et mesures, c'était le volume du vide que le sculpteur avait prélevé à la pierre. On ne s'étonnera pas que leurs chefs-d'œuvre fussent légers et d'une beauté de toile d'araignée. S'ils avaient été plus âpres au gain, ils auraient fini, à force de labeur, par abolir leurs propres statues. Ils auraient reçu un salaire gigantesque puisque le tas de poussière eût été considérable mais la statue, adieu la statue ! Elle eût été avalée par son propre vide. Le regret est que ces statues absentes n'aient pas été conservées avec un peu de soin dans le temple de Vimala Vahasi. Ce petit tas de poussière qui demeurerait après l'exercice du vide nous enseignerait que l'œuvre d'art, si elle fait de l'être avec du néant, peut à tout moment, à force de perfection, glisser au néant.

Le Brésil, un pays découvert par le vent

Ce n'est pas un « grand explorateur » qui découvre le Brésil. Ce n'est pas un homme. C'est le vent. Nous sommes en 1500. Cette année-là, Pedro Álvares Cabral quitte Lisbonne avec une flotte de treize navires montée par mille deux cents hommes. Il fait voile tranquillement vers le cap de Bonne-Espérance, au sud de l'Afrique, afin de rallier l'Inde, quand un alizé l'aperçoit. Cet alizé était en verve. Il souffle comme un démon. Cabral perd sa route. Il traverse l'Atlantique en droiture, et comme un lièvre. Il est jeté sur une plage pleine de cocotiers et de sauvages. Il n'y comprend rien. Ses portulans ne signalent pas la moindre terre dans ces parages. Il la baptisera terre de la Vraie Croix. Ensuite, Cabral tourne bride et rejoint Calicut. Il a perdu sept navires. Il se chamaille avec les Indiens et met le feu à quinze navires maures. Il y a des voyages comme ça : rien ne marche !

Le nom de terre de la Vraie Croix était une bourde. Ce que Cabral a empoché distraitement au nom du roi du Portugal est un gros pays, bien épais, bien lourd, monotone et rabâcheur, un continent. Et ce continent, dans ses commencements, est une couleur. Il ne contient pas des mines d'or comme l'Inde du Grand Mogol. Il contient d'immenses mines de couleur rouge, grâce à un arbre très original dont l'aubier est vermillon et qu'on appelle le bois de braise (*pau brasil*). Ce bois va donner son nom à ce que Cabral avait pris pour terre de la Vraie Croix : le Brésil. Cette couleur tombe à pic. En Europe, la Renaissance monte ses tréteaux, allume ses feux de joie et de mort, prépare ses orgies, ses guerres, ses danses macabres, ses bals : l'écarlate et le groseille, le cramoisi et le pourpre, le carmin, le vermeil et l'amarante, le ponceau, l'incarnat, le rubis, toutes les nuances du rouge dégoulinent sur la Renaissance, sur les filatures des Flandres, sur les théâtres et les poèmes, sur les champs de bataille, sur les velours des dames galantes, sur les messes rutilantes et les sacres, sur les palais de Borgia, de François Ier et d'Henry VIII.

La jeune colonie portugaise, avec son bois de braise, attise ces luxes. Elle peinturlure le XVIe siècle. On a pu dire que le Brésil fut une invention de la Renaissance, au même titre que la *prospettiva* de Paolo Uccello, la circulation du sang, les guerres de religion ou la loi de gravité. Il faut dire davantage : supposons que Pedro Cabral n'ait pas découvert les forêts de braise, est-ce que la Renaissance aurait eu même figure, même beauté, même clinquant, même génie ?

Le bois brasil enivre Lisbonne. Les nuits de ses notables, de ses tabellions, de ses négociants et de ses soldats sont rouges. Le roi de Portugal fait de chaque arbre brésilien sa propriété privée. Il suffit d'obtenir du souverain (ou de son mandant, Fernando de Noronha) une lettre patente et l'on pénètre dans n'importe quel domaine, avec licence de couper tous les arbres *brasil*. Dès 1501, six navires chargés de rouge abordent à Lisbonne. Dans les hautes mers, les corsaires français volent les cargaisons d'arbres, se barbouillent de vermillon, pavoisent. Cette fureur écarlate épuise le premier Brésil. On coupe à tour de bras. On râpe les écorces, on fait des décoctions et on expédie le jus sur l'Europe. Des fortunes s'élèvent. C'est un massacre. Dès le XVIIe siècle, le bois de braise se fait rare et puis c'est fini.

Pourtant, l'obsession ne s'évanouit pas avec le dernier arbre brasil. Le pays est intoxiqué. Les maçons de Salvador de Bahia mélangent leurs ciments au sang des baleines pour bâtir des maisons roses. Dans les églises baroques, les saints sont rubiconds. Les sacristies géantes éblouissent comme des cavernes d'Ali Baba. Elles sont taillées dans le carmin, l'or, le corail et l'argent.

L'an dernier, j'ai visité dans la Bragantina (État du Pará, en Amazonie) la fazenda Ahite qui cultive un arbuste, l'urucum (rocouyer), dont les fruits succèdent au bois de braise : ces fruits sont comme des petits pots de peinture violette. Il y avait un million de plants d'urucum. J'ai eu la légèreté de plaisanter avec les petits Indiens de la plantation : ils m'ont bombardé d'urucum. Après une heure, nous étions rouges comme des diables, et aux anges. L'urucum est une plante vénérable. Les Indiens précolombiens s'en chamarraient. Ils y ajoutaient les blancs étincelants de l'argile tabatinga, des noirs purs et des bleus végétaux. Ces peintures les rendaient comme des fêtes. C'était façon de lutter contre l'éternité molle, fastidieuse, funèbre et verdâtre, de la forêt équatoriale.

Aujourd'hui, les Brésiliens demeurent des fous de teintures. On le sait par le carnaval de Rio. Insatiables, ils mangent leurs couleurs : l'urucum colorie les yaourts, les crèmes et ces pâtes de fruit si sucrées dont ils s'écœurent. Les éventaires de leurs marchés sont des tableaux de Di Cavalcanti, de Portinari ou de Cícero Dias. Des éleveurs créent des poules d'avant-garde, toutes rouges, en les gavant d'urucum. Les Indiens Opaiokes font mieux : ils nourrissent les perroquets avec des herbes secrètes, inconnues des dieux même, qui exaltent et modifient la teinte des plumages. Les pénombres mortelles de la jungle sont traversées par des petites flammes jaunes, roses ou azur.

Au XVIIe siècle, le Brésil a boulotté tout son bois de braise. Et puis après ? Les Brésiliens n'en font pas une histoire. Ils vont dénicher un autre trésor, ils le goberont, et ils en chercheront un nouveau. C'est ce qu'on appelle les cycles : après le bois rouge, on fait de la canne à sucre, puis du cacao, puis de l'or, puis du déclin, du diamant, de l'espérance, du café, du caoutchouc, de la nostalgie.

Le Brésil est un ogre, comme fut un ogre ce Cronos, le maître du Temps, qui aimait tant dévorer ses enfants, mais il est plus extrémiste que le dieu grec : c'est son propre corps que le Brésil consomme.

Il se mange. Il se grignote. Si les Indiens Tupis ont fasciné Montaigne et Jean de Léry parce qu'ils croquaient leurs ennemis pour s'en incorporer les vertus, le Brésil est plus goulu : c'est sa propre substance, non celle de ses ennemis, qu'il mâchonne, qu'il digère et qu'il suçote. Anthropophage de lui-même, le Brésil est son propre festin. Quand il a fini de bouffer un de ses organes, vite, il s'attaque au suivant. Il est semblable à la forêt amazonienne dont l'exubérance ne tire pas ses sucs de son sol mais d'elle-même, de sa décomposition, de son agonie, de ses excréments. Ainsi le Brésil : sa force se nourrit de sa putréfaction et de ses digestions, de sa mort. C'est pourquoi son épopée, depuis quatre siècles, est un entrelacs de gloires, de décadences et de résurrections.

Dans ces plaines infinies et si mornes, qui s'étendent comme un tapis entre la pampa argentine et les humidités amazoniennes, il arrive qu'une zone s'éveille en sursaut. Des villes s'allument et dispersent la nuit préhistorique. Aussitôt affluent des paysans, des négociants, des architectes. Ils se mettent au boulot. Ils ont des yeux d'extase car ils attendent que le sucre, ou bien le café, ou bien l'or les transforment en nababs. Mais on sait le défaut des miracles : ils sont misérables. Après un an ou un siècle, le café a épuisé les sols. Les mines d'or se vident. Le caoutchouc meurt. La nuit revient. Les villes se recroquevillent. Elles ne sont plus que du haillon et de la carcasse. Les maisons se décharnent. Il y a des silences, des sables, des solitudes, il y a des égarés. Les populations vont traîner leurs guêtres ailleurs, dans un autre songe. C'est pourquoi le Brésil est un pays de nomades : les pauvres y roulent sur ces terres sans relief, à la trace d'un mirage toujours en fuite.

À la pointe est du Brésil, entre le Pernambouc et l'Amazonie, et face à la splendeur, São Luís fut, aux temps classiques, une cité magique. Élégante et maniérée, elle était jalouse de son beau langage, de ses négrillons d'or et d'azur, de ses dames dolentes, de ses porcelaines bleu et blanc, les *azulejos*, qui la faisaient plus luisante qu'une ville des contes de Grimm. À la fin du XIXe siècle, les manufactures de coton de São Luís sont concurrencées par celles de Manchester. Le cycle du coton est fini. Commence celui de la décrépitude. La ville est assommée. La voici capitale des mélancolies. Les usines ferment. Elles ne fabriquent plus que de la poussière. Des flots de lianes coulent à travers leurs vitres cassées. La ville est un spectre et des spectres la hantent. Elle est belle comme une calamité. Son évanouissement est provisoire : dès le milieu de notre siècle, elle remarque une montagne de fer pur à ses portes. Le cycle du fer commence sa musique. Et le faste revient.

Le Minas Gerais embrase le XVIIIe siècle. Des villes d'or et d'argent constellent ses vallées, jusqu'au jour où les mines se tarissent. Un nouveau cycle succède à celui de l'or : le cycle du souvenir, le cycle de la mémoire, que célèbrent Congonhas, Sabará, Serro, Diamantina, toutes les villes inconsolées que nimbe l'éclat mort de l'or. Un improbable musée sommeille au fond des montagnes. À Ouro

Preto, l'église Sainte-Iphigénie a été financée par la poussière d'or dont les femmes esclaves saupoudraient leurs cheveux et qu'elles recueillaient en se rinçant dans l'eau des bénitiers.

On se forme des idées saugrenues sur l'Amazonie. On la tient pour un morceau de néolithique acheminé par privilège jusqu'à nous, pour une forêt intouchée et indemne de toute histoire. Cette idée est fausse : l'enfer vert n'est pas vierge. Il est farci de vestiges qui nous disent que les aventuriers, les négociants, les soldats, les canailles, les illuminés, les Francisco Pizarro, les Orellana, les Lope de Aguirre et les Pedro de Teixeira ont grouillé sur ces terres, dès les premiers moments de la conquête.

Loin d'être un fragment rescapé de la Genèse, l'Amazonie est une archive, un Pompéi végétal, une terre saturée d'histoire. En attestent les monuments enfouis sous les verdures, sous les pourritures, et que l'on exhume sans cesse, un peu comme, dans les déserts de l'Orient, s'empilent les unes sur les autres les anciennes cités de sable.

Au XVIe siècle, les conquérants – les Espagnols, puis les terribles *bandeirantes* de São Paulo – se jettent dans la forêt. Ils arpentent des régions que nous ne connaissons pas même. Ils sont cruels, avides et ils délirent. Ils ont toutes les convoitises. Il leur faut de l'or, des femmes, des esclaves, mais il leur faut aussi de la légende, des rêves de sang, des gloires et des déchéances. Ils cherchent les Amazones nues que Charles de La Condamine et Walter Raleigh ont signalées. Ils cherchent les hommes aux grandes oreilles qu'Hérodote avait épiés en Scythie, et aussi la douzième tribu d'Israël, qui s'est perdue, comme on sait, dans les bouches du grand fleuve. Un livre de Tite-Live à la main et leurs pistolets dans l'autre, avec des baudriers de soie passés sur leurs caleçons poisseux du sang des bêtes, ils sont en quête d'émeraudes et de ces champs de cannelle que les premiers aventuriers espagnols avaient vus, sans doute en rêve. Plus secrètement, c'est à Dieu que ces hallucinés se mesurent : ils se sont juré de devenir propriétaires d'un morceau de l'âge d'or, d'un petit coin de paradis. Cet âge d'or va advenir, mais avec un peu de retard. À la fin du XIXe siècle, la forêt dévoile le Grand Secret. Ce secret est une plante, le caoutchouc, qui, de même que l'athanor des alchimistes, convertit la misère en or. Les Indiens connaissaient le *chau chu*, mais n'en faisaient rien, ou bien des jeux d'enfants. L'Europe se met au travail et, entre 1850 et 1880, trois hommes, Goodyear, Mackintosh et Michelin, apprennent à traiter la sève de l'hévéa, juste à temps pour permettre à l'industrie automobile de se développer grâce au pneumatique.

En quelques années, l'hévéa fait rouler des millions de voitures sur la terre et édifie là-bas, dans les solitudes, un eldorado. L'Amazonie touche au ciel. Manaus, Santarém, Belém font les coquettes. Elles prospèrent et elles se dandinent. Narcissiques, superbes et baroques, éprises d'elles-mêmes, snobs et somptuaires, elles mirent leurs chimères dans les eaux du beau fleuve. Elles brûlent la vie par les deux bouts. Elles sont des opéras fabuleux. Des courtisanes de soie et de satin forniquent parmi les marbres. Cinquante mille Crésus de pacotille rivalisent avec les gandins des Champs-Élysées, deviennent le désir du monde et sa fête. Et puis, au début du siècle suivant, la fortune – le caoutchouc – fait faux bond et les cités surréalistes se flétrissent. Les châteaux en Amazonie ressemblent à de vieux meubles empoussiérés dans le fond d'un grenier, mais les villes englouties respirent encore. Elles attendent leur survie. Les journées sont longues, et amères sont les nuits. Sous leurs paupières closes, les cités endormies repassent le roman de leur fortune et de leur catastrophe.

De ce roman, une autre ville de la forêt, moins célèbre que Manaus et plus frénétique, conserve les stigmates. Cette ville s'appelle Porto Velho. Porto Velho, capitale du Rondônia, est coincée au fond du Brésil, entre la Bolivie et le songe. À la fin du XIXe siècle, quand la ruée sur l'hévéa enfièvre l'Amazonie et la City de Londres, on s'avise que la Bolivie aussi est remplie d'hévéas et de pauvres, mais qu'elle n'a point de routes pour évacuer la sève enchantée. Qu'à cela ne tienne : les financiers décident de lancer une ligne de chemin de fer entre Porto Velho et la Bolivie, en plein milieu de l'enfer. On posera trois cent soixante kilomètres de rails dans la forêt inexorable. Mais l'effort en vaut la peine : le train Madeira-Mamoré transportera le caoutchouc bolivien jusqu'à Porto Velho. Là, les ballots descendront le fleuve Madeira, et puis le fleuve Amazone, et puis, cocagne !

Dès 1872, les ingénieurs anglais sont à pied d'œuvre à Porto Velho. Le chantier est une hécatombe. Les ingénieurs meurent et les ouvriers meurent. Les travaux sont abandonnés. On les reprend en 1907. En quelques années, trente mille ouvriers venus d'Asie, d'Amérique, d'Europe et des Caraïbes crèvent de fatigue, de malaria et d'Indiens Caripunas. De la féroce épopée des chemins de fer du monde, la construction du Madeira-Mamoré forme le chapitre le plus macabre. Ce train mérite son surnom de « train du diable » : autant de cadavres que de traverses. Comme les ouvriers meurent tout le temps, les financiers sont énervés. Sur le río Madre, ils ouvrent un camp dans lequel sont entreposées six cents Indiennes. Tous les hommes ont le droit, le devoir de s'en servir, de manière à fabriquer des nouveau-nés qui, quinze ans plus tard, seront à point pour remplacer les charognes des ouvriers morts. Une légende ? Mais nous savons, depuis le chef-d'œuvre de Gilberto Freyre, *Maîtres et Esclaves*, que les soldats portugais avaient mission de peupler le continent désert en aimant les Indiennes si jolies, si confiantes et si toutes nues.

En 1912, jour de gloire : le sifflet du premier train Madeira-Mamoré éveille la forêt, sème la terreur chez les singes et les araras. La Bolivie est jointe au Brésil. Mais le train est vraiment « du diable » : son jour de gloire est celui de son trépas car il n'y a plus rien à mettre dans les wagons : le caoutchouc s'est effondré. Il ne vaut plus un sou ! C'est un coup des Anglais. Au début du siècle, un type s'est installé à Santarém car il adore les orchidées. Il s'appelle Henry Alexander Wickham.

Il est gentil, distingué. Les habitants de Santarém l'adoptent. Mais ce Wickham est un perfide. Il se fiche pas mal des orchidées. Ce qu'il collectionne, ce sont des plants d'hévéas qu'il expédie en Angleterre. Là, des jardiniers virtuoses les perfectionnent et les envoient en Malaisie où naissent des plantations contre lesquelles le caoutchouc d'Amérique ne peut pas lutter. L'Amazonie est à terre : le paradis ferme ses portes. L'enfer vert rouvre les siennes.

Le train continue de siffler dans la forêt, cependant. Il a coûté trop cher, on ne va pas le fermer, mais ses wagons sont presque vides. Cela dure cinquante ans. En 1972, sous la dictature, le gouverneur du Rondônia, le général Queiroz, inspecte sa forêt et il voit ce train stupide. Il n'est pas content : « Foutez-moi ça en l'air ! » Exécution. Dix ans plus tard, le général Queiroz est remplacé. Son successeur visite la forêt. C'est un sensible. Il fait rétablir huit kilomètres de voies, pour distraire les mélancolies de Porto Velho. Une des vingt machines et quelques wagons sont remis sur des rails. Le reste gît dans la jungle. J'ai fait ce bref parcours. Les wagons anglais de 1900 sont magnifiques, avec des petits rideaux bonne-femme aux fenêtres. La machine chauffée au bois a une odeur de temps perdu. Vous foncez dans l'inextricable. À droite et à gauche, vous apercevez une vingtaine de locomotives colossales, cul par-dessus tête. Leurs cheminées sont feutrées de lianes et de toiles d'araignées, de baves d'arbres ou de crapauds, emmaillotées de racines. Les bielles sont des nids que se disputent des oiseaux beaux comme des arcs-en-ciel et des serpents abominables et, chaque fois que le sifflet hurle, des vols de papillons explosent comme des fleurs d'artifice.

On nous rabâche que le Brésil est le pays de l'avenir. C'est Stefan Zweig qui a lancé cette rumeur avant la guerre, et il avait raison. C'est pourquoi j'aurais été mieux inspiré de me balader dans l'avenir, dans les géométries, les cristaux et les hypnoses de Brasilía, ou de donner à entendre les ronronnements et les tumultes de São Paulo, les rages et les sifflements de feu, et les soupirs empestés de l'énorme mégapole, avec ses vingt millions de sans-sommeil, ses vingt millions de toujours debout, São Paulo et ses rues en « alerte maximum » et ses managers « en urgence absolue », São Paulo, le beau monstre, le fascinant navire qui tire sur ses ancres, jour et nuit, parce qu'il est en manque, toujours, d'un autre cyclone, et d'un nouvel avenir, et j'aurais aimé également montrer Campinas et Porto Alegre, et Recife et Belo Horizonte et Fortaleza, et Teresópolis, ces cités qui dorment debout, qui font la queue aux douanes du futur, et dont les yeux sont ivres. Mais plutôt que de m'enfoncer dans le Brésil des logiques, des satellites et des postmodernités, je suis retombé dans mon vieux Brésil, celui des confins et des exodes, des abandons et celui des mémoires.

Du nord au sud de ces immensités, j'ai voulu relever les gribouillages que laissèrent les hommes perdus : des croix de pierre incompréhensibles, une chapelle démolie, des blocs babyloniens sur lesquels se décompose la chronique des triomphes ou des amertumes, des cimetières effacés, et aussi les terres en ruine du Nordeste, les villes inabouties, les usines pour fourmis ou pour anacondas, et ces grandes locomotives à la renverse, belles comme des chevaux morts, avec leurs roues paralysées, et cette stèle géante, enfin, exhumée il y a quelques années dans le plus obscur de l'obscure forêt amazonienne, et sur son granit, des lansquenets du XVIIe siècle proclamaient en lettres gravées à l'or que la frontière du royaume de Portugal passait par là, et qu'est-ce que c'était que cette frontière-là, entre le rien et l'inconnaissable ? Et y a-t-il des frontières sur les bords de l'infini ?

Belém, Manaus, São Luís

Les villes de l'Amazonie ont des matins glorieux. À peine surgies au fond de la grande forêt, elles se mettent à grandir, elles s'épanouissent, elles font des merveilles. Belles et narcissiques, elles se dandinent et se pomponnent, elles se mirent dans les eaux du beau fleuve, elles illuminent les pénombres.

Quelques siècles plus tard, la fatigue les assomme d'un seul coup et elles décident de roupiller un peu. De ce jour, elles se flétrissent comme elles ont éclos, à toute vitesse, et s'emmitouflent de poussières, mais il ne faut pas se fier à ces agonies : les villes de l'Amazonie sont acharnées. Même fardées de néant, elles ne dorment que d'un œil. Elles font mine d'acquiescer à leur propre trépas, mais, sous leurs paupières closes, elles se préparent à bondir. Elles n'ont revêtu les atours du deuil que pour nous égarer : comme les arbres de la forêt monstrueuse, elles se nourrissent de leur propre mort. Et elles refleurissent.

De ces va-et-vient entre l'ombre et l'éclat, Belém, la portugaise, la gardienne du delta, l'épicerie fluviale de l'Amazonie, et Manaus, la ville légendaire blottie au cœur du « monde perdu » de Conan Doyle, se sont fait une spécialité.

Longtemps, Manaus n'est même pas une ville. C'est un poste fortifié, Barra, que les Portugais, en 1669, ont planté là, à 1 700 km de l'Atlantique, au confluent de l'Amazone et du Rio Negro, pour faire la nique aux Espagnols. Un siècle et demi plus tard, Barra n'est toujours qu'un accroc invisible dans la jungle du début du monde. Elle attire quelques clochards, trois mille, quatre mille misérables, qui font commerce de noix, de tortues… Pas de quoi se vanter ! Il y a bien ce liquide bizarre qui coule des hévéas et que les Indiens appellent *chau chu* mais que faire de ce « lait » qui devient élastique en se coagulant ?

Un peu plus tard, un Britannique, Charles Mackintosh, puis un Américain, Charles Goodyear, arrachent Barra à ses mélancolies préhistoriques. Le premier invente en 1819 le tissu caoutchouté et le deuxième met au point en 1839 la vulcanisation. À partir de 1850, le *chau chu* part à la conquête du monde. Le caoutchouc est de l'or, du diamant. Barra, qui prend le nom de Manáos (plus tard Manaus) devient folle. Belém prospère. Cinq cent mille pauvres saignent les hévéas. Leur vie est un enfer. Avec cet enfer les maîtres cruels de Manáos et de Belém se manufacturent un paradis.

Manaus envoûte l'Europe : cinquante mille nababs, engraissés du sang des pauvres, installent dans la forêt une ville irréelle : elle se paie des tramways électriques quand Boston utilise toujours des chevaux. Capitale du snobisme, Manaus fait blanchir ses chemises à Paris, importe de Londres des maîtres d'hôtel exquis et lape des fleuves de champagnes. Les courtisanes sont belles et avides. Elles se font lutiner, dans les loges de l'Opéra, parmi les marbres. Dans les cafés, sur les tables de bois précieux tiquent-taquent les écus d'or.

Deuxième acte. Un autre Anglais va mettre fin aux gloires de l'Amazonie. Il s'appelle Henry Alexander Wickam. Il s'installe à Santarem car il veut étudier les orchidées. Son allure est d'un lunatique, mais tous les Anglais sont lunatiques et on le laisse tranquille. On a tort. Cet amoureux des orchidées est un diable : il chipe 70 000 graines d'hévéas, les expédie à Londres, et bientôt d'immenses plantations couvrent la Malaisie. Les seringueiros dépenaillés du Rio Negro ou du Madeira sont écrabouillés par les stakhanovistes de l'Asie anglaise. Commencent, vers 1912, trente ans de malheur !

Les villes se défont. Mais l'Amazonie bouge encore. En 1928, Henry Ford défie les Anglais et crée une plantation, la Fordlandia, sur le Tapajos. Une maladie, la *Dothidela-ulei*, la liquide. Autre sursaut : pendant la Deuxième Guerre mondiale, le Japon envahit la Malaisie. Plus de caoutchouc britannique. L'hévéa amazonien reprend du service. Mais les nouveaux seringueiros attrapent la malaria et dépérissent. Manaus, Belém bricolent, sur le fleuve, des villages de loques et de détritus, les premières « favelas ».

Encore vingt années de décrépitude puis un quarteron de généraux prend le pouvoir à Brasilia en 1964, et que fait un général quand il est tout-puissant ? Il fait des arcs de Triomphe, des travaux d'Hercule, des autoroutes, des utopies. Ceux du Brésil se jettent sur l'Amazonie. Elle convient à leur vanité. Elle sera leur Grande Pyramide.

Une route, et même deux, les Transamazoniennes, crèvent le territoire inviolé. Les généraux vont implanter, là-bas, dans « l'enfer vert », cet « Eldorado » que l'Europe y renifle en vain depuis quatre siècles. L'espace est découpé en tranches égales, doté de villages semblables, dans lesquels les hommes connaîtront enfin l'opulence, l'ordre, l'amour et le bonheur. La rêverie militaire fait long feu. Après « l'enfer vert », voici « l'enfer utopique » : la transamazonienne est bouffée par la flore. Les arbres périssent. La magouille emporte tous les projets. Après quelques années de transes et de patriotisme, Manaus, une fois de plus, meurt, mais elle ne va pas s'émouvoir pour si peu. La mort est sa compagne, et déjà elle se lance dans une nouvelle aventure : elle a été érigée en « zone franche ».

Grâce à cette zone franche, Manaus se recycle en caverne d'Ali Baba où s'entassent les trésors électroniques du Japon et de l'Amérique. Elle renoue avec sa première vocation, le commerce, mais les 3 000 va-nu-pieds de 1830 sont devenus un million deux cent mille négociants et industriels voraces. Pourtant, cet encombrement de ruche est artificiel. Le port flamboyant de Manaus ne s'est jamais intégré à l'Amazonie.

Belém, elle, n'a pas la chance d'être zone franche. Elle poursuit sa carrière de somnambule. Énorme et misérable, elle étale des souvenirs assez beaux, des églises en tous genres, véritable encyclopédie des styles religieux, des entrepôts de bois et de jute, un parc forestier équatorial magnifique, de belles places somnolentes où les enfants affamés lancent des bâtons dans les feuilles de manguiers pour en siroter les fruits.

L'histoire de ces deux villes, de Manaus surtout, étonne par ses accélérations. Sous d'autres cieux, en Grèce, en Italie, en Chine, l'Histoire prend son temps : elle fait feu des quatre fers pendant un millénaire après quoi elle s'endort pour un autre millénaire, un millénaire de déclin, délai raisonnable si l'on veut que la déchéance rende tout son suc et que les ruines soient belles. Manaus est trop impatiente. Surdouée des crépuscules et des renaissances, à peine est-elle au firmament qu'elle se fracasse au sol.

Les gloires et les chagrins des cités amazoniennes sont des danses de Saint-Guy et comment voulez-vous fabriquer de nobles ruines en un clin d'œil ? On fabrique autre chose : de l'absence, des terrains vagues, des mélancolies, de l'ennui, des souvenirs de bonheur, des fêtes mortes…

C'est pourquoi la beauté, la poésie de Manaus et de Belém se méritent. Elles ne se donnent pas au premier touriste venu. Il faut apprendre à déceler, en transparence de leurs décors, la mémoire d'une terre écartelée entre le luxe et la mort. Pas de Colisée, ici, et pas de pont du Gard, pas d'arènes d'Arles ! Mais, au hasard d'une flânerie, un encorbellement comme une dentelle déchirée, une venelle de poussière faufilée entre deux néants, un éventail de tuiles rouges tavelées d'éphélides, un vieil homme endormi comme une statue brisée, un parc où passent des musiques éteintes… et le temps tremble.

On croise des fantômes. Le fantôme forme, avec le caoutchouc, la décadence et les renaissances, une des principales productions de l'Amazonie. Dans les palais déshabités, des femmes en crinoline, des nègres de velours, des infantes et des suaires célèbrent des fêtes de catacombes. La frontière avec les siècles en allés est poreuse. Les morts, les pauvres morts, visitent les vivants. À Belém, vous ne pouvez guère aller au théâtre sans croiser dans les escaliers une femme au cou coupé, escortée de laquais d'outre-tombe.

Quelques-uns de ces fantômes sont réels. J'ai connu, dans les entours de Belém, au cœur de la forêt néolithique, deux dames fort âgées, deux sœurs, d'une grande distinction, rejetons d'un des princes du caoutchouc et qui avaient décidé une fois pour toutes de vivre à la Belle Époque. Leur « folie » équatoriale était cernée par les lianes, mais ces lianes étaient un trompe-l'œil. La vérité est que les deux sœurs résidaient à Paris, dans la lumière glissante des années 1900. Elles parlaient un français exquis et tropical, elles prenaient le thé comme on procédait chez les Verdurin. Quand je suis allé les voir, elles ont papoté sur le président Fallières et le roi George V, sur Swann et sur Odette. Elles connaissaient par cœur la maison d'Illiers-Combray qu'elles n'avaient jamais vue et quand elles écartaient les rideaux de leurs fenêtres pour me montrer des singes et des perroquets, je m'attendais que passe, sur les Champs-Élysées, la silhouette du petit Marcel Proust derrière son cerceau.

J'ai connu ces deux dames il y a trente ans. Elles étaient âgées, délicates et friables. Je crains qu'elles n'aient achevé leur périple amazonien et qu'elles ne se soient décidées à embrasser la carrière de fantômes.

Le destin de São Luís est à la fois semblable et contraire. Situé sur la mer, à la jointure de la luxuriante Amazonie et du Nordeste désertique, São Luís fut une des réussites du Brésil colonial. Elle fut fondée par un mousquetaire français, Daniel de la Touche, seigneur de La Ravardière, au printemps 1614, et son nom fait hommage à notre roi Louis XIII. Quelques années plus tard, en 1620, les Portugais de Jerônimo de Albuquerque mettent la pile aux Français, avec le concours, il est vrai, d'une très belle dame venue leur donner un coup de main et qui s'avère être la Vierge Marie.

Suivent trois siècles de faste. La ville s'enrichit mais, au contraire des architectes de *favelas*, les maçons de São Luís n'utilisent ni haillons, ni loques. Ils font venir de Lisbonne ces faïences bleues et blanches, héritées des Arabes, que l'on appelle les *azulejos*, et qui vernissent les maisons d'une carapace lisse, glaciale et miroitante. São Luís semble la capitale des contes de Grimm.

Cité de négoce et d'industrie, cité d'aristocrates aussi, São Luís révère le protocole et le beau langage. Elle met à honneur de parler un portugais plus raffiné que celui de Coimbra et de Lisbonne. Les mendiants même, qui tendent une main impassible et comme dédaigneuse aux abords de l'église de la Conception se flattent de mendier dans « l'Athènes » du Brésil.

La chute de São Luís fut d'une brutalité extrême. Sa décadence est l'une des plus élégantes de tout le Brésil. Un chef-d'œuvre.

C'est à la fin du XIXe siècle que les prospères manufactures textiles de São Luís sont détrônées à la fois par celles de São Paulo, dans le Sud, celles de Manchester, et celle des États-Unis. La ville est foudroyée. Elle coule.

La catastrophe a été rude. On en relevait, il y a une trentaine d'années encore, les meurtrissures. São Luís n'avait pas eu le temps, ou le goût, de panser ses cicatrices. On découvrait, en certains endroits, une sorte de Pompéi des antipodes, si béants étaient les stigmates du désastre.

Des édifices mis en chantier avant que la crise éclate demeuraient inachevés. Du côté de la mer, subsistaient quelques usines : avec leurs cheminées de briques et leurs entrées de faïences, elles semblaient d'abord pimpantes mais, si l'on approchait on découvrait une petite jungle : des lianes encombraient les fenêtres, des fleurs envahissaient la salle des machines. Je me souviens d'une de ces manufactures délaissées. À travers ses fenêtres cassées s'était écoulée une poudre rougeâtre, comme si les machines avaient décidé de produire non plus des étoffes bariolées pour dames frivoles mais une poussière mieux accordée à leurs nouveaux destins.

Le reste de la ville a mieux résisté, a même résisté

superbement. C'est « la faute aux azulejos ». Sur ces laques lisses et froides, le temps est bien attrapé : certes, avec l'aide des orages tropicaux, il arrive à faire fondre les maisons comme du sucre mais il ne peut avilir les carreaux bleus et blancs. Je ne sais rien de plus beau que ces demeures massacrées et pourtant revêtues, comme dans un opéra fabuleux, d'une façade imputrescible.

Vers les années 80, les choses changent. São Luís considère que sa pénitence est écoulée. « La décadence, c'est fini ! », et l'on s'est remis au travail, avec, Dieu merci, cette nonchalance distinguée qui fait le charme de ses habitants. Il est vrai que les Dieux – ou peut-être la Vierge qui vainquit jadis les mousquetaires français – a béni la capitale du Maranhão. Ils ont permis que soit découverte à 700 km au nord de la capitale, à Carajás, une montagne de minerais presque purs, dont la plus grande réserve de fer du monde. Aussitôt, le Brésil sonna le « boute-feu » : installation de chemins de fer, creusement d'un port capable d'abriter les bateaux de Gulliver…

De ce pactole, São Luís se réjouit, mais les innombrables poètes qui la peuplent gardent l'œil ouvert et veillent au grain. Ils n'ont aucune intention de remplacer leur Athènes des Tropiques par une Ruhr équatoriale. La ville a entrepris de rénover son quartier historique qui constitue l'ensemble colonial le plus vaste et le plus beau de toute l'Amérique latine.

São Luís a su associer le déclin et le réveil, l'oubli et l'avenir. Dans ses rues si bruissantes, le passé vous frôle, vous caresse. Sur la mer, un fortin s'obstine à surveiller, avec ses canons de pacotille, les caravelles égarées dans les replis du XVe siècle. Ailleurs, vous croiserez un Indien aux yeux très bleus, il descend peut-être d'un des mousquetaires de La Ravardière qui, après avoir été défaits par Albuquerque, se sont sauvés dans la forêt amazonienne et ont aimé des Indiennes.

Si vous prêtez l'oreille aux conversations que des jeunes gens langoureux et des jeunes filles tendres nouent dans les parcs de la nuit, c'est un portugais ancien que vous entendrez, un portugais élégant comme une estampe. L'accent est chantant et la grammaire irréprochable, à croire que cette ville, au contraire de toutes les autres cités brésiliennes, a revêtu son langage d'un vernis glacé et pur, pareil aux faïences bleues et blanches sur lesquelles les prouesses et les fatigues de l'Histoire glissent sans traces.

Aujourd'hui, São Luís est l'un des joyaux du monde. À la manière de Venise, cette ville flotte sur les siècles, entre l'immobilité et les métamorphoses : à de certains moments, c'est une cité industrielle, réaliste et obsédée d'avenir. D'autres soirs, quand le ciel est tout en or, elle n'est plus qu'une résidence de spectres et de légendes, une ville fragile, menacée, et que l'on traverse à pas de loups, comme on marche en un songe.

L'anniversaire, une affaire qui tourne rond

L'anniversaire est une affaire qui tourne rond. En ce début de l'an 2006, nous en avons déjà trois sur les bras : le deux cent cinquantième de Mozart, le quatre-vingt-dixième de la bataille de Verdun et le quarantième de *La Quinzaine littéraire.* D'autres préparent leurs bagages et se mettent en chemin. Les Suisses du pape fourbissent leurs hallebardes car Jules II, celui qui faisait fondre les cloches de ses églises pour en faire des obus, les a créés il y a cinq cents ans.

Où loger tout ce petit monde ? Les cérémonies se chevauchent. Il y a des encombrements de mémoires. Les années sont des cohues. Chacune de nos journées ressemble à une poupée russe : si on la dévisse, on s'aperçoit qu'elle contient cinq ou six anciennes journées. On ne peut plus arracher une feuille du calendrier sans marcher dans un vieux dimanche. Le présent, la veille et le lendemain se mélangent. On confond les années et les siècles. Des bouchons se forment. Les anniversaires font la queue. On a envie de leur distribuer des numéros d'ordre, comme aux guichets de la SNCF. Cette montée en gloire de l'anniversaire est une marque de ce siècle. Jamais l'art de la commémoration ne déploya pareil brio.

On peut comprendre cet engouement : nos civilisations sont de plus en plus mortelles. Elles s'usent à toute vitesse, se déglinguent, se remplacent et débarrassent le plancher. Le temps balaie chaque matin devant sa porte. Tout ce qui est d'hier est révolu. Les événements sont aussi « jetables » que les pointes Bic ou les téléphones portables. Orphelins du temps, nous arpentons en tâtonnant des contrées sans mémoire. En même temps, cependant, et dans l'espoir de conjurer nos amnésies, jamais le passé ne fut autant sollicité. L'histoire est notre drogue, notre passion. Nous demandons à nos joies d'hier et à nos chagrins d'avant-hier de meubler le vide où nous sommes. Nous rêvons de recoudre ce que le temps déchire. Entre le souvenir et l'oubli, nous dressons les tréteaux de nos anniversaires. Nous convoquons les journées disparues. Nous les tirons de leurs limbes. Pour vingt-quatre heures, nous leur faisons fête. Elles font trois petits tours et puis s'en vont dans leurs résidences d'ombre.

La première fonction de l'anniversaire est de nous ravitailler en bon vieux temps. Il calme notre faim de nostalgie et d'enfance. « La neige sent la pomme, comme autrefois », disait Mandelstam. La célébration de ce qui fut nous fournit une occasion de larmes, de regret ou d'attendrissement. Fatigués de vivre sans traces et sans souvenirs, nous n'acceptons pas que la mort soit morte. Nous soulevons le couvercle des tombeaux. Nous déterrons les anciennes saisons. L'anniversaire nous rassure. Il atteste que les jours en allés rôdent toujours dans les parages. Ils sont seulement évanouis. Le temps repose, comme une belle au bois dormant dans son cercueil de cristal, et il est capable, si on le flatte et le caresse, de se réveiller.

Tous les anniversaires ne sont pas les mêmes. Ils peuvent être joyeux ou pleurnichards. Les uns célèbrent une espérance ou une déploration et d'autres un sacre, une noce ou un génocide. Ils sont individuels ou bien collectifs. Solitaires ou partagés. Discrets ou tonitruants. Ils peuvent ranimer une guerre ou un amour, une sédition, un assassinat, un génocide ou une catastrophe. Quelques-uns sont timides. Ils peinent à se faire connaître, et d'autres jouent des coudes pour se tailler une place au soleil. La bataille de Bouvines, qui tua trois soldats à peine, a tiré son épingle du jeu. En dépit de son grand âge, on la célèbre encore de temps à autre.

Les guerres se taillent la part du lion. Celle de 1914 s'incruste. Elle ne se rend pas. Elle flotte sur les années et nous débite encore, cent ans plus tard, ses litanies. Nous sommes des ruminants : nous digérons Verdun, les Éparges et le chemin des Dames, nous faisons remonter tout ça dans notre bouche, nous mâchons un bon moment et puis nous avalons de nouveau. Douaumont, l'Aisne ou les Ardennes reviennent comme des nausées.

Les batailles de Napoléon s'en sortent mieux. Elles sont fringantes. Chaque année, des soldats provisoires, ahuris, bariolés et harnachés en hussards ou en grenadiers, se lèvent dans toute l'Europe et refont les batailles de la Grande Armée, à Wagram, à Austerlitz ou à Leipzig. C'est jouer avec le feu : il suffirait que Wagram 2006 connaisse un sort contraire à celui du premier Wagram et deux siècles d'histoire seraient à refaire. On serait obligé de mettre au pilon tous les manuels scolaires.

Le temps est le combustible commun à toutes les commémorations mais il est plusieurs sortes de temps. Certains anniversaires consomment du temps naturel, du temps circulaire, sans commencement et sans fin, à la fois rapide et insubmersible, fragile et indélébile, puisqu'il revient sans trêve. Placé sous le patronage de Pythagore ou de Parménide, il parcourt le cadran de l'horloge et quand il a fini, il recommence. « La treizième revient, dit Gérard de Nerval, c'est encore la première. » Il fête les cerises ou les lilas, la moisson, les semailles, l'abattage du cochon. Voué à l'Éternel Retour, il ne veut rien connaître de l'histoire. Il honore les saisons en général et non telle saison de notre passé.

D'autres anniversaires au contraire carburent au temps linéaire – le temps cumulatif, qui est celui d'Héraclite, celui qui laisse des cicatrices, des bibliothèques, des manuscrits, et qui ne revient jamais.

Le plus communément, un bon anniversaire associe Pythagore qui règle le temps circulaire avec Héraclite qui ordonne le temps linéaire. Il entrelace la douce ronde des saisons avec les incohérences de l'histoire. Parménide et Héraclite travaillent sur le même métier : Archimède trace ses cercles dans Syracuse en flammes.

Le cas de Jésus-Christ éclaire ces complications. C'est un athlète de l'anniversaire. Pourtant, dans ses débuts, il semblait un peu distrait. Même la date de sa naissance était un secret. L'histoire a mis du temps à le repérer. Tacite qui est son contemporain signale qu'il s'est passé quelque chose sous Tibère, là-bas, du côté de la Judée, mais il ne sait pas trop quoi. Ce n'est que partie remise. Après ce faux départ, le Christ met des bouchées doubles. Il rattrape le temps perdu.

Boulimique de l'anniversaire, il ne fait pas le détail. Il mange à tous les râteliers du temps. Il commence par faire main basse sur le temps rond du cadran solaire, des lunes, des saisons et des étoiles – les solstices et les équinoxes, le retour de Noël, de Pâques ou du 15 août. Mais il ne néglige pas le temps de l'histoire puisqu'il exalte inlassablement les principaux épisodes de sa vie. Dans cet exercice, il montre une grande habileté et il creuse tout de suite l'écart avec ses concurrents. Comme il a pris la précaution de ressusciter, il naît deux fois et il meurt deux fois, ce qui lui donne droit à quatre anniversaires, quand les hommes n'en ont généralement que deux.

Il est insatiable. Il lui en faut toujours plus. La moindre de ses aventures, ses rencontres, ses douleurs sont prétextes à remembrance. Chaque dimanche, les églises et les temples ressassent la montée au ciel de sa mère, sa propre ascension, ses disputes avec Judas, saint Pierre ou les docteurs de la Loi, son Golgotha, ses démêlés avec le Sanhédrin, son procès, sa crucifixion, les noirceurs ou la lumière de ses ciels. Chaque messe est un « éternel retour ». Depuis deux mille ans qu'il y a des hommes et qu'ils prient, Jésus-Christ qui ne se décourage jamais dit tous les matins à Lazare : « Lève-toi et marche. »

Il assure également la gestion des très longues durées : tous les calendriers de nos sociétés, que nous soyons catholiques, protestants, athées, japonais ou païens, débutent le jour de sa mystérieuse naissance. Par cet étonnant coup de force, l'Église est devenue le régisseur invisible de tout anniversaire. Elle est embusquée dans la célébration de Mozart, de Verdun ou des Gardes suisses du Vatican, puisque les années se déclinent sur les tables mises au point par Joseph et Marie avec le concours du pape Grégoire IX.

Cette OPA lancée par l'Église sur les anniversaires était inévitable : la venue du Christ sur la terre a contribué (après la Genèse, Hérodote, Périclès, Héraclite…) à briser le temps uniforme des anciennes fables, des mythes et de Pythagore pour le remplacer par le temps linéaire, cumulatif et irréversible de l'Histoire. Jorge Luis Borges l'explique :

> « Aristote nous dit que les pythagoriciens professaient la croyance, le dogme, de l'Éternel Retour que Nietzsche allait redécouvrir longtemps plus tard, c'est-à-dire l'idée du temps cyclique qui fut réfutée par saint Augustin dans la Cité de Dieu. Saint Augustin dit, en employant une superbe métaphore, que la croix

du Christ nous a sauvés du labyrinthe circulaire des stoïciens. »

La leçon de Borges est incomplète : s'il est vrai que l'Église est un grand producteur de temps linéaire, elle fait également une énorme consommation de temps cyclique – en témoignent la Roue de fortune au tympan des cathédrales, le comput des fêtes de la liturgie, la monotonie de ses cérémonies.

Faut-il choisir entre les deux modes du temps ? Le temps circulaire a son charme. Il est reposant. Malheureusement, il est d'un ennui illimité. Woody Allen, quand il a lu la théorie de l'Éternel Retour dans Nietzsche, a eu un coup de blues : « Mais alors, a-t-il balbutié dans ses larmes, il faudra que je retourne voir Holyday on ice ? » On partage son effroi. Faut-il alors donner la préférence au temps d'Héraclite et de l'histoire, à ce temps qui passe, se consume et ne revient jamais ? Certes, les siècles de l'histoire sont plus agités, plus imaginatifs et moins prévisibles que ceux de l'Éternel Retour. Mais, ils ont des inconvénients. Ils sont grossiers, dépenaillés et plus à l'aise dans la bataille et dans la barbarie que dans la concorde et la consolation. « Un peuple, dit Henri Michaux, devrait être honteux d'avoir une histoire. »

L'anniversaire est à la charnière de ces deux modèles de temps. Il en assure la suture. Il les combine. Là s'exprime son génie. Son étoffe est faite de laines et de soies de toutes couleurs. C'est ce qui lui donne ses moires et sa séduction, ses complexités, ses ambivalences et ses paradoxes. Chargé de gérer à la fois ces deux modèles de temps, il se contredit sans vergogne. Il nous enseigne que le présent n'existe que de mourir, et qu'il renaît cependant au moment qu'on croit qu'il expire. Dans les étranges cérémonies qu'il préside, la mémoire et l'oubli cessent d'être incompatibles. Toutes les choses, toujours, se reproduisent et pourtant chaque seconde est sans antécédent et sans postérité. Le passé, le présent et le futur s'embrouillent. Ils jouent à colin-maillard. Toutes choses s'en vont. D'autres choses les remplacent et elles sont les mêmes. Ce matin, le soleil s'est levé il y a mille ans. Il se couchera tout à l'heure dans cinq millions d'années. Le temps est une interminable ligne droite et il est rond comme une bille. « Tout est à présent, comprends-tu, dit William Faulkner. Hier ne finira que demain et demain a commencé il y a dix mille ans. »

Des cailloux et des hommes

> « C'est un homme ou une pierre ou un arbre qui va commencer le quatrième chant. »
>
> Lautréamont, *Les Chants de Maldoror*

La collection « Terre Humaine » a été créée par un homme qui étudiait les cailloux du Hoggar et du Groenland. Je serai fidèle à ces commencements. Je parlerai des pierres. Le titre de la collection m'y engage : « Terre » est un substantif – il indique la permanence, le socle. « Humain » est un adjectif – une couleur que nos civilisations, nos orgueils, nos génies ou nos diables ajoutent à la terre.

C'est ainsi que je voudrais lire les textes de cette série : comme une géographie et comme une géologie. Ces ouvrages me donnent à éprouver la terre, les argiles, les sables, les grès ou les granits. Ils m'invitent à caresser les bêtes, les fleuves, les plantes, les arbres. Ils me donnent à entendre et à voir les hommes. Ils m'apprennent que les pierres roulent et qu'elles amassent des mousses.

Ils me dévoilent le matériau originel grâce auquel les hommes ont construit leur demeure, inventé la chasse et la pêche, la jalousie, la raison, la mort et l'électronique.

Dans *Hummocks*, Malaurie se rappelle le géomorphologue qu'il fut, au Sahara : « Pourquoi les pierres tombent-elles de la falaise ? » se demandait-il, et ce sont ces pierres tombées qui l'ont conduit aux hommes du Groenland. « Je ne bâtis que pierres vives, dit Rabelais, ce sont hommes. » Claude Lévi-Strauss raconte sa découverte, à dix-sept ans, de la nature – les plantes et les animaux, certes, mais aussi le mio-pliocène : « Je range parmi mes plus beaux souvenirs la poursuite, au flanc d'un causse languedocien, de la ligne de contact entre deux couches géologiques. » Ce souvenir, dans un livre consacré aux Indiens du Mato Grosso, n'est pas innocent : il installe les Nambikwaras et les Bororos dans le pur « aujourd'hui » de l'année 1936, et en même temps dans la patience des géologies, comme si en un point très lointain se rejoignaient ces incompatibles : l'infiniment loin et l'infiniment proche, la pierre et l'homme. C'est ainsi, entre le précambrien et l'aujourd'hui, que je lis ces livres. Les rencontres ménagées par « Terre Humaine » sont des rencontres entre l'heure des pierres et celle des ordinateurs. Des dialogues entre la logique du tiers exclu et les sagesses subtiles du désert. Il s'agit de faire un long détour par les temps abolis afin de retrouver les connivences masquées entre la rationalité occidentale et celle des pierres.

Lévi-Strauss et Malaurie, quand ils veulent parler avec les hommes ou les sociétés, par-dessus les vastitudes du temps et des espaces, usent bizarrement des mêmes mots. Malaurie, embarrassé par le système métrique, dit : « Je ne peux pas comprendre » et, comme il veut comprendre cependant, il a recours à des « truchements ». Ces truchements sont les fêlures de la glace, le cristal ou les suies de la mer, la distribution à la main de la viande de phoque aux chiens de traîneau, les croisements de deux silences et, par-dessus tout, les prescriptions du ciel. « Ici, dit-il, on marche aux astres, non à la boussole. » Claude Lévi-Strauss, face aux Indiens Mundé, ne dit rien d'autre : « Je pouvais les toucher, non les comprendre. » Il sait bien cependant qu'il peut les « comprendre », ces « pensées sauvages », mais à la condition d'en frôler les subtilités, de les « toucher ». « Peut-être découvrirons-nous un jour que la même logique est à l'œuvre dans la pensée mythique et dans la pensée scientifique et que l'homme a toujours pensé aussi bien. » Ce n'est donc pas seulement dans l'espace que « Terre Humaine » nous fait dériver. C'est dans la géologie, dans les nuages, dans les millénaires. Ses auteurs sont au contraire de l'homme pressé de Paul Morand, de la nervosité des villes, des civilisations et des sciences occidentales.

Il est vrai que les sciences occidentales bougent. Depuis peu, elles intègrent, elles aussi, le temps dans leurs équations, comme le font les hommes dits sauvages. Il y a un curieux parallélisme entre l'allongement récent et prodigieux de la durée des temps géologiques et la transformation moderne des outils de l'historiographie. Pour Voltaire, la Terre s'est formée voilà six mille ans, le ciel est le « bien arrangé » (cosmos) et il est borné. Tout cela a changé : aujourd'hui le cosmos a quinze milliards d'années, il ressemble à un incendie et il n'a plus de frontières. Du coup, et comme fascinés par le double abîme du passé et du ciel, les historiens ont distendu eux aussi leurs calendriers et modifié leurs appareils de mesure. Braudel consacre « la longue durée » : s'il veut éclairer la bataille de Lépante ou le siège de Toulon, il mobilise six mille ans d'histoire. « Terre Humaine » obéit à Braudel et le déborde. Braudel est un timide. Il se contente de six mille ans. « Terre Humaine » a un appétit de Gargantua. « Terre Humaine » se goinfre de millénaires. Elle consomme des blocs de temps gigantesques : les six mille ans de l'histoire, les six millions d'années des hominiens, les quatre milliards d'années de la Terre, et, tant qu'à faire, les quinze milliards d'années des astres.

Telle est la violente cassure, l'irrémédiable et l'irréversible cassure ourdie, selon moi, dans les sciences sociales par ces livres disparates, égarés, contradictoires et semblables : ils m'ont ouvert, comme on ouvre une blessure, aux très, très longues durées. Ils m'ont enseigné que, sous les arabesques que dessine une société à la surface du temps, s'étend et agit invisiblement, mais violemment, un socle compact, composite, obscur, mal lisible et fait de deux strates. Une première strate : celle de la géographie, avec ses fleuves, ses arbres, ses anticlinaux, ses régimes de vent, ses animaux et sa mémoire, ses villes et ses chemins. Et au-dessous, une autre strate : les pierres, les éboulis, les érosions, les étoiles.

Je n'ai jamais entendu invoquer le nom de Buffon à propos de cette collection et j'en suis étonné. Contemporain cependant de Voltaire, Buffon a pressenti l'immensité du temps et que la Terre a une histoire. « Terre Humaine » met ses pas dans les pas de Buffon. Elle ajoute cette précision que l'histoire des hommes est la conséquence, l'ombre ou le reflet de celle de la Terre, étant entendu que ces échanges entre les hommes et la Terre s'accomplissent dans les deux sens : la Terre fait l'homme, qui fait la Terre. (« Je fais, dit Sartre, et en faisant je me fais. »)

L'histoire est un inlassable va-et-vient, un combat et un amour fou entre les hommes et la géographie. Le pays dans lequel nous sommes tombés par hasard a été modelé par le big-bang et rectifié par nos travaux et nos jours : la Durance a été assagie et fabrique de beaux légumes, comme l'île d'Oland a cessé d'être une île, comme les plaines et les montagnes ont été redessinées par nos pioches. À l'inverse, ces mêmes hommes qui ont sculpté la terre ont été sculptés à leur tour par la terre, par les isthmes, les rochers et les thalwegs au milieu desquels ils ont dressé leurs bivouacs. La société, avec sa cargaison d'hommes, s'est déposée dans les anfractuosités du paysage comme se dépose un limon et ce limon a pris la forme du moule constitué par les reliefs, les pluies, les forêts, les saisons et les sables.

Montesquieu a bien vu que les hommes, les sociétés et la Terre sont embarqués dans le même périple et qu'ils mènent leur aventure ensemble. Malheureusement, Montesquieu, grand écrivain d'ordinaire, a exprimé cette idée d'une manière brutale, maladroite et si imbue des préjugés de son époque qu'il a déshonoré les idées sérieuses qu'il entendait défendre. À cause de lui, on n'a plus osé, pendant près de deux siècles, soutenir qu'il n'est pas identique de grandir dans la jungle humide de Bornéo ou dans les étincelantes lumières du Sahara. Sa thèse est que « l'air chaud relâche les fibres ». C'est pourquoi les habitants des pays chauds sont « timides », indolents et ensommeillés. La touffeur amollit les corps et les cervelles. Elle éteint les curiosités, l'esprit d'entreprise et les sentiments généreux. On comprend que, armés de cette « théorie des climats », les racismes s'en soient donné à cœur-joie et qu'ils aient puisé dans ces paragraphes la justification de leurs fureurs.

Aujourd'hui, la collection « Terre Humaine » mêle sa voix à cette discussion. Elle affirme, elle aussi, que le climat (tout comme le relief, la Terre, les loups, la mer, les automnes…) a une influence sur l'homme et sur ses sociétés. Mais on chercherait en vain, dans tous ces témoignages, le moindre relent de racisme. Ce qu'ils disent est d'une autre subtilité et d'une plus grande ambition : les hommes (et leurs sociétés) se sont fabriqués par les échanges qu'ils n'ont pas cessé, depuis le début des choses, d'entretenir avec leur géographie. Pour garantir leur survie, ils ont lentement, héroïquement, appris et utilisé la grammaire des nuages, la syntaxe des laves et des schistes, la rhétorique des orchidées et des lapins. De ces pierres et de ces ciels, ils ont extrait, comme on extrait de la houille et de l'or, des savoir-faire, des armes, des logiques, des jouissances, des paradis ou des enfers, des dieux et des anges. Leurs sens se sont métamorphosés. Leurs yeux et leurs oreilles, leurs caresses et leurs orgasmes ne sont pas les mêmes selon qu'ils recevaient dans leur petit paquetage de naissance et d'enfance les tempêtes du cap Horn, les suavités des ciels de Touraine ou les déserts des Tartares.

Chaque ouvrage peut se lire ainsi : de ces hommes et de ces femmes, l'intelligence, la culture, l'esthétique, sont réglées en secret, dans l'immémoriale randonnée des siècles, par le grain de leurs sols ou les méandres de leurs rivières, par les ruses des tigres ou des cicindèles. Ce qui ne signifie pas qu'ils sont hors de l'histoire. Mais c'est avec cet équipement clandestin et fastueux qu'ils font l'histoire, qu'ils défient les temps nouveaux, qu'ils avancent ou qu'ils s'agenouillent. Il est deux livres, dans la collection, qui méritent d'être lus en miroir, les deux livres de Wilfred Thesiger : les immarcescibles Bédouins voués aux sables du « désert des déserts » ne sont pas les Arabes stoïques des marécages du Tigre et de l'Euphrate. Ces réflexions (comme « Terre Humaine », du reste) ne portent pas seulement sur l'histoire, la sociologie ou la géographie. Elles touchent à la littérature. Le roman, à partir du XIXe siècle, fait belle part aux objets. Les descriptions de Balzac ou de Flaubert, de Zola, sont puissantes, car les bouteilles de *L'Assommoir* ou le fiacre d'Emma Bovary à Rouen y jouent le même rôle que la forêt joue pour les Jivaros de Descola ou les vallées romandes pour les paysans désespérés de Ramuz.

Aujourd'hui, les romanciers décrivent toujours autant que le faisaient leurs aînés du XIXe siècle, mais la description est souvent un bijou littéraire, un affiquet, un quart d'heure de virtuosité. Face à cette dérive, « Terre Humaine » m'a soufflé cette règle littéraire : une description n'est belle que si elle tend l'arc du destin, si elle dévoile les éléments qui préparent un désastre, un accomplissement ou un triomphe. Par exemple, si elle montre un arbre derrière lequel s'est caché un soldat ou bien un amoureux. Ou encore si un orage disperse les bancs de harengs et jette un village de pêcheurs à la famine. Or, même et surtout chez les plus grands écrivains actuels, combien de descriptions n'ont d'autre fin qu'elles-mêmes et ne savent nous offrir que des beautés mortes de miroirs !

Les livres de « Terre Humaine », comme ceux de Zola, font de longues descriptions. Mais leurs auteurs, consciemment ou non, retrouvent la nécessité de la description : non un plaisir d'esthète occupé à lustrer un bibelot mais l'urgence de dire quel décor, quels cailloux, quelles rivières ont orchestré et fomenté la tragédie ou l'épiphanie d'une société. Cela ne signifie pas que les peuples « sauvages », non plus que les auteurs de « Terre Humaine », sont insensibles à la beauté. Malaurie s'extasie devant une neige ou un brouillard. Mais l'important est ailleurs : l'important, c'est que la qualité de la neige, la cavalcade des nuages, promettent la survie d'une famille d'Esquimaux ou sa condamnation, la réussite ou l'échec d'une chasse à l'ours. Une forêt ou un lac du Cameroun, une statue du Bernin ou une forge du Suffolk, ne sont pas seulement des spectacles, des charmes ou des dioramas : ils sont les acteurs et les ressorts du long roman qui a organisé la survie et le génie des hommes.

Un des plus extraordinaires livres de la collection, *Louons maintenant les grands hommes*, de James Agee et Walter Evans, pousse les descriptions jusqu'à leur suicide. Nous sommes en 1936. L'auteur, James Agee, partage la vie des pauvres planteurs de coton de l'Alabama, pendant la Grande Crise. Certaines nuits, en l'absence des métayers, Agee se faufile dans leurs chambres, un peu comme un voleur de rêves ou de malheurs. Il entreprend de recenser les décors de ces vies défaites. Il pense que nous ne comprendrons rien à leur calvaire si nous ne touchons pas leurs chambres, leurs oreillers, leurs portemanteaux. Commence une litanie d'objets, de couleurs, de formes, de pénombres et de crasses, de casseroles et de torchons. Agee décrit et décrit. Agee devient fou. Il est en hypnose. Il ne peut pas s'arrêter de nommer et de montrer. C'est un intoxiqué. Il s'est engagé dans une entreprise sans issue. Il comprend que sa description, si elle veut être totale, ne peut pas avoir de terme, il en est conscient et comme tétanisé, mais il est drogué, il ne peut pas s'interrompre et va-t-il nous infliger, s'infliger, quarante pages de brosses à dents, de balais, de cretonnes, de pots de fleurs ? Quarante pages ? Mais voyons ! Cent mille pages n'y suffiraient pas. À ce moment-là, James Agee ressent ce que bien des écrivains pressentent : le mot, jamais, n'épuisera l'objet et c'est une vaine et faustienne tentation que de vouloir combler, par la parole, le mutisme des choses. James Agee finit par rendre les armes. Épuisé, il craque. Il suspend sa description. Il va remplacer les mots par les choses, par les objets, par la terre et par les déchets qui l'entourent et qui règlent le destin des pauvres métayers de l'Alabama. Il dit :

> « Si je le pouvais, à ce point, je n'écrirais plus rien du tout. Il y aurait des photographies. Pour le reste, des morceaux d'étoffe, des déchets de coton, des grumelons de terre, des paroles rapportées, des bouts de bois, des pièces de fer, des fioles d'odeurs, des assiettées de nourriture et d'excréments. »

Certains penseront au nouveau roman. Personnellement, et même si j'admire beaucoup Alain Robbe-Grillet, force m'est de dire que le naufrage littéraire d'Agee n'a rien à voir avec les somptueuses, esthétiques et frivoles descriptions des *Gommes* ou de *La Jalousie.* Les descriptions d'Agee sont fatidiques. Elles sont dangereuses. Elles décrivent les embrouillaminis de la vie et de la mort.

Mais alors, à la place des mots, quoi ? À quoi Agee fait-il appel, à quels « truchements » ? Précisément, comme nous avons essayé de le dire plus haut à propos des auteurs de « Terre Humaine », il remplace les mots par de la terre, du bois, du fer, des odeurs, par ces choses inertes qui règlent les matins et les soirs des métayers d'Alabama comme elles règlent les pensées des Indiens Yanoamas. Nous voilà renvoyés à la glaise de Ramuz, aux fleuves de Pierre Gourou, aux labours de Gaston Roupnel, au cambrien ou au miocène de Lévi-Strauss. Agee fait bonne mesure : il voudrait même qu'à la place du livre, impuissant à dire le réel de l'Alabama, soient déposés dans l'assiette des excréments, quelle drôle d'idée ! Non. Quelle bonne idée : il fait ainsi écho, sans le savoir, à Jonathan Swift qui, dans *Le Grand Mystère ou l'Art de méditer sur la garde-robe*, avait pressenti que les déjections, les « étrons » comme il disait, constituent un objet et un acteur de l'histoire, un fossile délicat, une petite géologie éphémère, une géologie « bonzaï », un document, un manuscrit ou un palimpseste, un témoignage sur la manière dont les gens ont vécu, ont pensé (ce que les paléontologues contemporains ont compris, eux aussi, deux siècles après Swift, soixante-quinze ans après Agee, puisque leurs fouilles, aujourd'hui, examinent aussi les cabinets de la préhistoire). On voit que la liste fournie par Agee n'est pas arbitraire. Elle signifie que, si le langage défaille, on doit recourir à la nuit des objets parce que les objets sont imbus de temps.

De cette reconnaissance de la dimension du temps, les effets sont nombreux et expliquent que les auteurs de « Terre Humaine », en dépit de leur disparate, partagent des manies. Un ou deux exemples. L'auteur « Terre Humaine » est souvent un chercheur ou un écrivain solitaire et lent, et il utilise sa solitude et sa lenteur comme véhicules. S'il se déplace, comme il le fait non seulement dans l'espace mais surtout dans le temps, toute précipitation est une faute, un « coup de pistolet dans une musique de chambre ». Rien d'étonnant à ce que ces auteurs procèdent comme des arpenteurs de méandres, des promeneurs du bois dormant, des flâneurs de toutes les rives. Ce sont des hommes à pied – mais aussi, bien sûr, en pirogue, à cheval, à mulet –, le pied étant le véhicule le mieux approprié à cette « remontée du fleuve Alphée » dont parle si bellement Roger Caillois, à cette chute enivrée dans l'épaisseur des durées géologiques.

Le pied. Non seulement à cause de la lenteur du pied mais aussi parce que le pied est en contact, douloureux ou amoureux, avec l'herbe, le grès, le granit ou le pavé. Le pied déchiffre la pierre. Le pied bavarde avec les pierres, et il en sait des choses, puisqu'il se balade depuis des millions d'années dans les poussières du monde. Lacarrière marche. Malaurie marche. Dominique Fernandez marche. Claude Lévi-Strauss marche. Thesiger marche. Ramuz marche… C'est pourquoi le style des livres de « Terre Humaine » est si différent du style des universitaires, et plus encore du style de ces voyageurs précipités (avions ou voiliers de compétition) dont la télévision nous assomme. En ce XXIe siècle, le voyage des écrivains, des navigateurs, des explorateurs est une danse de Saint-Guy. Des pays qu'ils parcourent et décrivent à toute bringue, leur récit ne dévoile rien. Il offusque tout.

Si, malgré tout, les livres de « Terre Humaine » insistent pour obtenir une place parmi les bibliothèques de voyage, on les glissera à côté des anciennes chroniques du XVIe, du XVIIe siècle, quand la planète était à découvrir et pleine de *terræ incognitæ.* « Terre Humaine » nous dit que la modernité abrite toujours beaucoup de *terræ incognitæ*. Même les *Mémoires d'un village anglais,* même *L'Été grec* de Lacarrière, nous révèlent des *terræ incognitæ.* Ils sont nimbés de ce « merveilleux géographique » qui nous ensorcelle encore après dix siècles, si nous lisons Plan Carpin ou Ruysbroek, ces promeneurs au long cours, ces marcheurs des routes mongoles du XIIe siècle. Mêmes jouissances et mêmes fraîcheurs de plume, mêmes silences et mêmes tremblements. En l'année 1500, Pero Vaz de Caminha est l'historien, le *narrador* de l'amiral Pedro Álvares Cabral. La lettre qu'il envoie le 1er mai 1500 au roi du Portugal, dom Manuel, est un chef-d'œuvre. Elle nous fait assister au débarquement de l'Europe dans la terre de la Vraie Croix (le Brésil), et cela en « direct », c'est-à-dire à la fois dans le « vierge, le vivace et le bel aujourd'hui », et dans ce compact bloc de temps, de nuit et de préhistoire qu'est la terre qui vient d'être découverte. Tel est le vrai récit de voyage, d'hier ou d'aujourd'hui : il épie les espaces indicibles et les durées interminables qui sont cachés derrière le voile du tabernacle. Un livre de « Terre Humaine » est un pays.

Les cibles choisies par « Terre Humaine » sont souvent des sociétés que la modernité a ignorées et laissées tranquilles. Ce sont des sociétés où le temps n'a pas beaucoup bougé, où il forme des espèces de « flaques », de marécages, des sociétés engluées dans un temps quasi préhistorique, ce qui teinte d'une mélancolie proustienne beaucoup de ces ouvrages. D'un Proust géologique. Le petit Marcel se bornait à sauter dix années et trois ou quatre kilomètres. « Terre Humaine » bondit par-dessus les millénaires. Thesiger, dans les marais du Sud irakien, au pays des Maadan, écrit :

> « Bien avant la construction des premiers palais d'Ur, des hommes avaient surgi au lever du jour, comme je venais de le faire, d'une cabane semblable à celle où j'avais dormi ; ils avaient mis à l'eau une barque comme celle de Maziad et ils étaient partis chasser. Wooley avait exhumé leurs habitations et des spécimens de leurs bateaux, profondément enfouis sous les ruines de Sumer, plus profondément même que les traces laissées par le Déluge. Cinq mille ans d'histoire s'étaient déroulés en ces lieux et rien n'y avait changé. »

Plus avide encore, Claude Lévi-Strauss, quand il arpente un causse du Languedoc, rembobine quelques millions d'années de temps perdu. Mais le temps perdu n'est pas un apanage des peuples dits sauvages. Pas de « passéisme » dans la collection, car toutes les sociétés, même les modernes, perdent du temps (comme on perd un objet). On peut ramasser des bouts de temps, des épaves, des moignons de temps, jusque dans les champs de la modernité, et un gratte-ciel vieillit bien plus vite qu'une église romane : le livre de Pierre-Jakez Hélias, qui parcourt la Bretagne du xxe siècle, est également un tâtonnement au fond d'un temps où ne sonnait point l'heure.

Modernes ou archaïques, les communautés que « Terre Humaine » considère ont en commun ce trait : ce sont des communautés malheureuses, inconfortables ou menacées, vaincues. Parfois elles vont mourir : les Esquimaux, les nomades d'Arabie, les Lapons de Finlande, les Africains, mais aussi les pêcheurs de Fécamp, les juifs d'Europe centrale avant la Shoah, etc. Ces sociétés sont des sociétés fatiguées ou agonisantes, les unes pour avoir saccagé ou tué leur propre génie, les autres parce que des peuples étrangers, bardés d'armes et d'argent, sont venus, avec leurs gros souliers, les écrabouiller comme le talon du jardinier écrabouille un escargot (*Les Derniers Rois de Thulé* ; *Les Immémoriaux* ; *Soleil hopi* ; *Ishi* ; *Minik, l'Esquimau déraciné* ; *Les Iks*, etc.), d'autres enfin car elles forment un groupe social condamné par la modernité (les métayers d'Agee, les mineurs de fond de Viseux, les Polynésiens de Segalen ou les Bigoudens d'Hélias). Une musique de mort accompagne ces récits. « Terre Humaine » orchestre les ultimes feux d'une splendeur. Elle illumine les ruines de sociétés pétrifiées (encore la pierre). Elle hurle à l'incendie. Elle sonne le glas. Dans *Mémoires d'un village anglais* (pas très célébré en France et l'un des plus beaux volumes à mon avis), la chronique de ce village en détresse s'achève par le récit du fossoyeur, mémoire du groupe et mémoire de la mort. Ainsi s'explique la colère ou la tristesse de quelques ouvrages – au hasard citons Ramuz et la paysannerie perdue, les Inuits et la base américaine, les Indiens Hopis dont la parole est morte, le testament d'Ishi…

Mais, le miracle, c'est que « Terre Humaine » n'est jamais désespérée. Plus insolite encore, et presque saugrenu : ces ouvrages, même ceux qui disent le déclin ou l'agonie, sont toniques et souvent joyeux. Comment expliquer cette énergie et ces fêtes ? La fascination de la mort ? Un érotisme chateaubriandesque ? L'admiration pour le courage de ces hommes et de ces femmes exténués, tout près du gouffre, et toujours magnifiques et toujours dansants ? Une bouffée d'ébriété parce qu'on a bu une trop grande rasade de temps d'un seul coup ? Ou bien est-ce le naïf émerveillement devant les éclats d'une beauté menacée ?

Victor Segalen, dans *Les Immémoriaux*, enrage : ces peuples de Polynésie, si libres jadis, et si habiles à jouir, sont bridés par le plus rigide des christianismes (protestant). Il en souffre jusqu'à la neurasthénie, mais en 1911, huit ans avant de mourir, il écrit à Henry Manceron :

> « Je t'ai dit avoir été heureux sous les Tropiques. C'est violemment vrai. Pendant deux ans en Polynésie, j'ai mal dormi de joie. J'ai eu des réveils à pleurer d'ivresses du jour qui montait… j'ai senti de l'allégresse couler dans mes muscles. »

Cinquante ans plus tard, Jean Malaurie, étendu, couché sur le dos dans les solitudes de son pôle

Nord, s'entend murmurer : « Je suis heureux, trop heureux… »

Je ne suis pas sûr que Claude Lévi-Strauss ait souvent « pleuré de joie » lui aussi, dans le Mato Grosso, car il trouve que les Tropiques sont tristes, mais je sais que ses descriptions de fleurs, l'héroïsme et la fierté de ses peuples en perdition, les énigmes de la forêt et ses labyrinthes, la beauté préservée des fleuves et des brumes, l'écoute du mythe du guépard, communiquent à ses lecteurs – et peut-être à lui-même – une jubilation. À cela s'ajoute, chez Lévi-Strauss, un sentiment étrange que je vois affleurer, même s'il reste inavoué, chez d'autres auteurs : l'acceptation extasiée de cet univers qui résiste à nos outils de pensée, mais qui devient ruisselant de sens, de beauté et d'offrandes, dès lors qu'on apprend ses langages, ceux de la pierre, des sables et des serpents. Et c'est avec tranquillité que Lévi-Strauss, poussant jusqu'au bout ses méditations, accepte l'idée que l'homme n'est qu'un objet entre les objets et qu'il pliera bagage avant que meurent les choses. « Le monde, dit-il paisiblement, a commencé sans l'homme et il s'achèvera sans lui. » Curieuse sérénité : comme si le long commerce des pierres, des arbres et du temps avait cet effet saugrenu de consolider, dans un homme, deux vertus contraires, la passion de la liberté et l'acquiescement aux fatalités.

Disant ainsi, sans doute Lévi-Strauss nous a-t-il conduits jusqu'à cette « barricade mystérieuse » de l'autre côté de laquelle le langage défaille, ce qui nous ramène au parcours de James Agee. La souffrance du jeune journaliste américain de 1936 n'est pas unique. Elle affleure, ici et là, dans nombre de textes de « Terre Humaine », même si Agee l'a conduite plus loin que nul autre, jusqu'au remplacement de ses mots par le silence des objets. Mais Agee ne se contente pas du silence. Il est un des premiers écrivains à avoir voulu que son livre présente, à côté d'un texte (étouffant de beauté), les photographies que son ami Walter Evans a prises en Alabama. Evans a photographié les planteurs de coton qu'Agee décrivait. Il a également photographié les champs de l'Alabama en l'année maudite de 1936, les hangars de séchage, les mobiliers et les délabrements. Ces photographies nous disent que ces champs, ces buissons de coton, ces lits et ces éviers sont des visages. Il nous les donne à la fois comme des fossiles du temps présent et comme des géologies où se noue le destin de la Terre et des hommes ensemble.

En complicité peut-être avec Evans, toutes les couvertures de la série sont ornées d'une photographie : un éleveur de rennes lapon, un grand-père breton, une femme paria de l'Inde du Sud, un guérisseur du Cameroun, un paysan turc. Ces visages sont photographiés en noir et blanc, franchement, sans apprêt, et de tout près – à bout portant. Ils disent, mais autrement, la même chose que les clichés de Walter Evans. Evans a vu que les champs de blé sont des visages, ce qui veut dire, à l'inverse, que la face humaine est une géographie ou une géologie. Ainsi des couvertures de « Terre Humaine ». Sur chaque visage, on relève des érosions, des coulées de sable et des dépôts d'alluvions, des limons et des cendres, des griffures de tempêtes et de temps, et aussi les fleuves bleuâtres ou boueux du sang, les canyons qui, au fil des années, ont abîmé ou magnifié les vieillesses des hommes et la délicatesse des pierres.

Julien Gracq et la géographie

En juillet 1930, Julien Gracq est reçu à l'École normale supérieure. Il choisit la géographie, sans hésitation. Agrégé bientôt, il enseigne à Quimper. En 1942, il est nommé à l'Université de Caen. Il n'a pas énormément d'élèves. Il en a même très peu : une jeune fille à laquelle il distribue une leçon tous les vendredis matin.

Je pense à ces vendredis matin. À cette époque, Julien Gracq a déjà écrit *Au château d'Argol*, dont la haute tour ronde et les arcs d'ogive ne se rencontrent dans aucune carte d'état-major. Il a vu André Breton. Il en a été sidéré. Le surréalisme l'éblouit, Chirico, Breton, Aragon, la beauté convulsive, l'écriture automatique, le hasard objectif, tout ça ! Mais comment concilier la science géographique et les « champs magnétiques » ? Ou bien faut-il croire que les forêts et les mers que Julien Gracq enseignait à son unique étudiante de Caen étaient hantées par Mélisande, par des poissons solubles ou par Lancelot du Lac ?

La réponse est simple. Parzival n'était pas invité

aux cours du vendredi matin. Gracq délivrait à son minuscule amphithéâtre un savoir traditionnel. Il traitait de l'Australie et de sa morphologie. Les chemins du Graal ne passaient pas par là. Le professeur Gracq ne mélangeait pas les deux activités de son esprit.

Et pourtant, pas un de ses textes littéraires qui ne soit géographique de part en part. Les uns, ceux des romans, se déploient dans des contrées imaginaires, avec cimetières, rochers escarpés, vieilles horloges perdues dans les forêts, landes noires, abîmes et itinéraires de nulle part. Au contraire, les autres textes, les livres de « choses vues », traversent les pays, les villages et les montagnes qui règnent dans nos journées. Faut-il alors croire qu'il existe en Julien Gracq deux géographes enchevêtrés, un professeur qui suit les pas de Vidal de La Blache, et un poète qui piste « les pas perdus » du surréalisme ? Le géographe et son double ? À moins que, dans le regard souverain de Julien Gracq, ces deux géographies incompatibles n'en forment qu'une seule, et que la deuxième ne soit que le reflet tremblant de la première ?

J'ai voulu en savoir plus. J'ai fouillé dans les textes de Gracq. Il parle de son métier. Il fut un professeur comblé. Jamais il n'a regretté son choix. Il a enseigné la géographie jusqu'à sa retraite, au lycée Claude-Bernard, en 1970, et dans le bonheur.

Il s'en explique : dans les années trente, la géographie était une science fraîche, libre, légère. Les mathématiques ne l'avaient pas encore attrapée. Elle commençait. Elle n'avait pas d'ancêtres. Cette idée revient souvent. Elle est étrange. La géographie n'a pas attendu Vidal de La Blache pour se mettre en route. Elle est née en Ionie avec Anaximandre et Hécatée de Milet, puis dans l'Égypte des Ptolémée. Plus tard, de Mercator à Coronelli et à Cantino, ils furent nombreux et glorieux les cosmographes qui ont déchiffré la terre. Or, de la longue histoire de la géographe, Gracq ne parle guère. Ce silence est un mystère.

Il est rare que Gracq en dise davantage. À peine peut-on surprendre ici ou là quelques échos de son métier. Il se réclame d'une géographie à l'ancienne, celle qui illuminait ses yeux d'enfant quand il lisait Jules Verne. Le monde était un livre des merveilles, avec ses collines et ses falaises, ses infinis, les violences et les repos de ses mers, les nuages, les abîmes du ciel. Gracq était un promeneur sur la terre. Les portulans l'enivraient et les cartes d'état-major au 80 000ᵉ étaient des magies. En attendant d'organiser, dans *Le Rivage des Syrtes*, la « chambre des cartes » dans le dédale de cours et de casemates de l'Amirauté, il rêvait de tapisser son bureau avec des mappemondes. La géographie était comme une image. Elle n'avait pas encore fait sa mue mathématique. Le quantitatif, elle s'en fichait pas mal. Gracq s'en fichait aussi : pour lui, un paysage ne sera jamais un théorème, un chiffre ou une géométrie. C'est un vertige, une marche, une sensation et des fois une musique. C'est surtout une structure, que le métier de géographe apprend à déceler, et qui explique les admirables descriptions de Gracq, si bien purgées de tout *impressionnisme*, des paysages peints par Cézanne.

Gracq pratique une géographie sentimentale. *Carnets du grand chemin* est une déclaration d'amour à la terre. S'il découvre une perspective grandiose, son cœur en est ensorcelé et il bat comme un fou. Mais que les paysages ne se bercent pas d'illusion ! Il ne suffit pas d'être joli ou bien dessiné pour soulever la passion de Gracq. Certaines régions méritent un zéro pointé. D'autres sont excommuniées, interdites de séjour dans la mappemonde de Gracq. Par exemple, le bas Dauphiné, la Dombes, Lyon, la vallée du Rhône en amont de la Provence, le Lannemezan, le plateau lorrain. Ne parlez pas à Gracq des petites plaines du Vaucluse ou du Roussillon, pas plus que des formations détritiques ou des territoires compartimentés. Même l'Italie du Nord est surfaite et Rome, malgré Stendhal, ne vaut pas cher.

Il est des paysages comme une fête. Le délice, ce sont les hautes surfaces nues du Massif central : l'Aubrac, le Cézallier, les planèzes, les Causses.

> « Tout ce qui subsiste d'intégralement exotique dans les paysages français me semble cantonner là : c'est comme un morceau de continent chauve et brusquement exondé qui ferait surface au-dessus des sempiternelles campagnes bocagères qui sont la banalité de notre terroir. »

Il ne lésine pas sur son plaisir. Il fait « l'amour fou » à la géographie. Son corps en est ému avec sa tête. Quand il tombe sur un Éden, par exemple un val jurassien, entre les Rousses et Bois d'Amont, il voit le bonheur. « Un instant, on souhaitait seulement vivre ici. » Le meilleur moment, c'est le départ : « Il s'agit de voyages très incertains, de départs tellement départs qu'aucune arrivée ne pourra jamais les démentir. » (« Lâchez tout », avait dit André Breton, et : « Partez sur les routes ! »)

Une place choisie est attribuée aux paysages vacants, dolents ou engourdis, presque « déplacés » et comme en syncope. Ils fournissent respiration et liberté à la terre : châteaux disparus, chambres vides, parcs absents derrière leurs grilles ou bien Saharas et leurs étendues dédiées au rien, au soleil et au vent. La mer, le vide de la mer procurent des ravissements.

> « La beauté des ciels de mer tient pour une grande part moins à leur configuration plus variée et changeante qu'au dégagement qu'ils opèrent de la vue jusqu'au ras de l'horizon. »

Dans cette cartographie passionnelle, les climats jouent leur rôle. Ils inventent les figures de la terre. « Un charme s'attache toujours à tous les voyages, à tous les séjours, même brefs, que d'un bout à l'autre la neige a enclos dans son demi-silence. » Les printemps sont recalés, ceux de France au moins, car ils sont acides, mordants, aigres et quinteux, mais l'agonie des saisons et les plages dépeuplées sont sublimes :

> « Je retournerai un jour vers ces sables décolorés – Le Crotoy, Beck, Malo, Wimereux, Wissant – ces plages livides des mers grises que visite à de longs intervalles, exsangue et flottant comme un ectoplasme de lumière, un fantôme de soleil blanc. »

Peut-on donner quelques conseils aux paysages ? Comment doivent-ils s'y prendre s'ils veulent captiver Gracq ? On leur recommande d'être vastes. Gracq ne goûte pas les espaces resserrés. Il lui faut du large et du sans limite, des confins, de longues routes égarées et des panoramas qui joignent le proche au lointain, des vents et la vastitude des forêts, si possible hercyniennes. « C'est l'infiniment grand qui me fascine. »

Ce goût de l'immense impose quelques procédures. Quand il marche, et il marche beaucoup, sur « des routes désertes » et parmi « des bourgs perdus », Julien Gracq est à la recherche d'un point élevé qui lui permettra d'embrasser l'entièreté d'un panorama. Captivé par les liens qui maintiennent ensemble les différents éléments du paysage, il est toujours en quête d'un mamelon, d'un belvédère, d'un balcon. Le paysage, il doit le dominer.

> « Toujours, vue d'un point haut, la perspective des collines s'emmêle ; les petites routes sinuent par monts et par vaux pleines d'insouciance et de paresse : tel le joli chemin d'écoliers, buissonnier et soudain un peu féerique, qui

va de Marciac à Eauze, et passe par Lupiac en vue du Castel de d'Artagnan. »

Même les arbres et les bois, il aimerait les voir en les surplombant, non par-dessous.

Je ne sais pas s'il existe une école de géographe *icarienne*. À coup sûr, que cette école existe ou non, Gracq en fait partie. Il regarde la terre comme Icare contempla la Crête et la Sicile pendant que le soleil enflammait ses ailes. Gracq est fidèle au génie de ces premiers cosmographes dont il parle si peu cependant : les relevés que ces vieux savants faisaient de nos rivages étaient toujours vus par un observateur posté sur une éminence.

Les textes de Gracq sont riches en références militaires. Gracq voit des soldats partout et il a bien raison : une nation qui fait la guerre ne s'escrime-t-elle pas à prendre la géographie de l'ennemi, à lui chiper ses rivières et ses collines ? Après 1870, les instituteurs ont expliqué la victoire des Prussiens par la qualité des cartes allemandes. Et, sur le champ de bataille, le général en chef ne peut conduire ses troupes que s'il embrasse dans sa lorgnette toute la géographie de l'adversaire, ce qui justifie sa position en hauteur.

Les « grands chemins » traversent souvent la guerre. C'est le cas de l'Ardenne, où se déroule le *Balcon en forêt*, même si ce superbe roman se garde de fournir les noms exacts des rivières et des villages :

« Le *Sombre Mai* ! Encore 1940. Il est vrai, jamais je ne traverse ces terres méhaignées, ce *pays gât*, ces forêts si splendidement vertes qui en l'an

> quarante ont couvert et camouflé jusqu'à la dernière minute, comme autrefois la forêt de Dunsinane, l'armée d'invasion, elle-même enguirlandée de branches, sans que le souvenir de la guerre revienne les peupler d'une vie fantôme. »

Certaines terres sont faites pour la bataille. La guerre est embusquée dans leurs « gênes géographiques ». Une exception, la région de Langres, si bien disposée pour les actions militaires et que la guerre a toujours dédaignée.

> « Il y a là les glacis, les bastions et les chemins couverts et aussi le dépouillement, la netteté, l'austérité de lignes d'une forteresse centrale naturelle, d'un Verdun qui n'aurait pas rencontré son destin… Une cité marquée de façon si éclatante par l'Histoire et que l'Histoire a dédaignée. »

La région de Verdun n'a pas eu la même chance. Elle était dessinée pour la guerre et la guerre ne l'a pas ratée : ce lieu hargneux, revêche, « était fait pour s'appeler de toute éternité la cote 304. Seul, le vent est à l'aise dans ce dépouillement géodésique ».

Même fatalité géographique dans la Vendée : toutes les dispositions de ses champs et de ses reliefs étaient calculées pour devenir un jour le théâtre d'une guerre au point qu'on se demande s'il n'a pas fallu les combats de Charette, de Bonchamps, de La Rochejaquelein pour que ce paysage se dévoile à nos yeux, de la même manière que, sous la morsure d'un acide, monte sur la plaque de cuivre un dessin énigmatique et d'abord dérobé. La géographie est un destin.

Gracq va plus loin : de la guerre, il fait un des acteurs de la géographie, un instrument de l'érosion, au même titre que les vents, les vagues ou le décours du temps. Certains reliefs du Cotentin ont été sculptés non par les tempêtes mais par la guerre :

> « Quelque chose d'aridement glabre, d'embastionné et de militaire flotte sur la côte nord-est du Cotentin, déboisée et tondue à ras ainsi qu'un glacis de forteresse... L'œil cherche malgré lui des épaulements, des parapets, des terre-pleins de batteries côtières, et ces froides et sèches lignes horizontales dont ils soulignent et durcissent l'horizon de mer. Le sentiment se fait jour que le boulet et non le noroît a nivelé cette plate-forme avare... »

À ce point, nous approchons le cœur secret de la géographie de Julien Gracq : l'inextricable emmêlement de la géographie, de la géologie et de l'histoire. De la même façon qu'il n'aime pas que les paysages soient dilacérés et démembrés, il n'entend pas dénouer les nœuds qui enlacent l'espace et le temps : chez Gracq, l'espace étreint le temps et le temps enveloppe l'espace. Le *Tableau de la géographie de la France*, de Vidal de La Blache forme le tome I de l'*Histoire de France* de Lavisse. Michelet, quand il a fini de boire « le sang noir des morts », donne de splendides ouvrages de géographie et Napoléon était un bon géographe.

Non seulement certains points du globe sont saturés et comme surchargés d'histoire, par exemple le couloir qui joint la Belgique au nord de la France, mais encore les grandes cassures et frontières de la géographie recoupent souvent celles de l'histoire. Une carte est un *palimpseste* sur lequel les premières calligraphies ont été lavées de manière à recevoir de nouveaux discours de l'histoire. Les fractures de la Yougoslavie, après 1995, suivent les frontières des trois grands empires slave, autrichien et ottoman qui se disputaient jadis l'Europe.

Ce passé qui stagne sous nos paysages dévoile par transparence les siècles en allés. Gracq ne manque jamais à l'évoquer. Ainsi, cette Ardenne où il a situé *Un balcon en forêt*.

> « L'Ardenne, dit-il, ne parlerait pas aussi fort qu'elle le fait à mon imagination, si, à la seule image de la forêt d'Hercynie sans chemins et sans limites que nous ayons conservée chez nous, elle ne superposait celle de la forêt de Teutoburg, inquiétante à force de silence par trois fois grosses des légions d'Arminius. »

Le même texte ajoute ces précisions :

> « J'ai parlé autrefois de *paysages-histoire*, qui ne s'achèvent réellement pour l'œil, ne s'individualisent, et parfois même ne deviennent distincts, qu'en fonction d'un épisode histo-

rique, marquant ou tragique, qui les a singularisés, les faisant sortir une fois pour toutes de l'indistinction, en même temps qu'il les a consacrés. L'Ardenne est pour moi un de ces *paysages-histoire*. »

Et :

« C'est pour moi au voisinage de tels carrefours de la poésie, de la géographie et de l'histoire, que gîtent pour une bonne partie les sujets qui méritent ce nom. De tels sujets ne s'éveillent sous les doigts qu'à la manière des grandes orgues : grâce à la superposition de multiples claviers. »

Julien Gracq se méfie cependant : il ne voudrait pas que l'histoire engloutisse la géographie, que le mort croque le vif, et que le présent soit à peine l'ombre ou la cicatrice du passé. Qu'il s'agisse de paysages, de rencontres, de réflexion, le promeneur Julien Gracq voudrait qu'à chaque tournant des heures se lève un horizon inaccompli. Il redoute les rabâchages du temps. Il aime la fraîcheur, la liberté et le « mouillé » des prairies après la pluie et qu'un « coup de vent d'ouest criblé de soleil » ravive la campagne. Il attend trop les lendemains pour lester l'instant du poids de ceux qui le préfigurent. Ces règles valent pour les hommes. Peut-être pour les paysages ? Plus nous avançons, et plus nous ressemblons à un *palimpseste*. Ainsi cet écrivain qu'il admire entre tous, Chateaubriand, le Grand Paon :

« La surimpression envahissante de ce qui a été sur ce qui est constitue le don mélancolique et pulpeux du vieillissement, qui est, autant qu'une décrépitude physiologique, un décryptement fantomatique du palimpseste que devient avec l'âge le monde familier. Chateaubriand l'a senti venir et s'y est complu plus vite qu'un autre : à partir de quarante ans, toutes ses descriptions sont des *repeints* transparents au dessin premier. »

Quelle différence avec cet autre écrivain, avec Rimbaud le trimardeur : « Rimbaud l'a rejeté (le vieillissement) dès qu'il a senti son approche (« Départ dans l'affection et le bruit neuf »), toute sa poétique est une rature radicale du sédiment éidétique ou affectif. » Tel quartier – telle maison où j'ai vécu jeune – s'est figé pour moi à une époque que je pourrais dater, et rejette pour moi seul, quand j'y passe, le tégument léger dont les années l'ont recouvert, avec le menu geste d'intimité et de mystère d'une femme qui soulève sa voilette. La mer, seule, balaie en nous cette stratification figée : à son spectacle, les années se désaccumulent ; c'est moins sa fraîcheur régénératrice que son refus de cautionner le souvenir qui fait la justesse du vers de Valéry :

« Courons à l'onde en rejaillir vivant ! »

Sait-il, Julien Gracq, que le trimardeur Rimbaud, celui qui était parti à Harar pour « trafiquer dans l'inconnu », a fait un voyage au Caire, afin de postuler pour un emploi de douanier (qu'il n'a pas obtenu), comme pour compléter d'un écho sarcastique le poème féroce qu'il avait consacré au début de l'été 1871 aux douaniers et aux frontières ?

> « Ceux qui disent Cré Nom, ceux qui disent [macache,
> Soldats, marins, débris d'Empire, retraités
> Sont nuls, très nuls, devant les Soldats des Traités
> Qui tailladent l'azur frontière à grands coups [d'hache. »

Table

DU MÊME AUTEUR

Aux éditions Albin Michel

Utopie et Civilisations, Flammarion, 1977,
rééd. Albin Michel, 1991

Les Folies Kœnigsmark, 1989

L'Incendie de Copenhague, 1995

Le Bruit de la neige, 1996

La Mission des frontières, 2002

En étrange pays, 2003

Le Bois des amoureux, prix Printemps du roman 2007

Chez d'autres éditeurs

Anarchistes d'Espagne,
en collaboration avec Jean Bécarud, Balland, 1970

Les Pirates, Balland, 1969, rééd. Phébus, 1987

Michel-Ange, Screpel, 1970

La Révolution sans modèle, avec François Châtelet
et Olivier Revault d'Allonnes, Mouton, 1975

Équinoxiales, Flammarion, 1977

Un soldat en déroute, Gallimard, 1981

Le Singe de la montre, Flammarion, 1982

La Bataille de Wagram, Flammarion, 1986

Besoin de mirages, Le Seuil, 1999

Pirates, Boucaniers, Flibustiers, Le Chêne, 2002

ESPACES *libres*

Écritures

Le roi vient quand il veut, Propos sur la littérature, Pierre Michon

Le Livre du Vide médian, François Cheng

Entre source et nuage, Voix de poètes dans la Chine d'hier et d'aujourd'hui, François Cheng

Histoire d'âme, Christiane Singer

La Conférence des oiseaux, Jean-Claude Carrière

Les Échos du silence, Sylvie Germain

Composition Nord Compo
Impression Blackprint en novembre 2021
Éditions Albin Michel
22, rue Huyghens, 75014 Paris
www.albin-michel.fr
ISBN : 978-2-226-47044-7
ISSN : 1147-3762
N° d'édition : 17373/01
Dépôt légal : janvier 2022
Imprimé en Espagne